뜻밖의 만남, Ana

예술과 인문에 관한 발칙한 감성 에세이

뜻밖의 만남, Ana

예술과 인문에 관한 발칙한 감성 에세이

프롤로그

어떤 영화를 좋아하세요?
한 권 책읽기에 동참하실래요?

피카소는 "뛰어난 예술가는 모방하고 위대한 예술가는 훔친다"고 말했다. 피카소는 멘토인 밀레를 존경했고 그의 작품을 스물한 편이나 모사했다. 또 마티스와는 함께 세잔의 영향력을 받아 서로 경쟁하면서도 절친이 되었다. 스티브 잡스도 피카소의 말을 인용해 "우리 애플은 언제나 부끄러움 없이 훌륭한 아이디어를 훔쳐왔다"라고 말했다. 성공한 사업가나 예술가들은 이렇듯 서로 모방하고 인용함으로써 영감을 받으며 자신의 세계를 구축해가고 있다.

막 태어난 아기를 본다. 아기는 첫 호흡이자 첫울음으로 세상을 향해 제 존재를 알린다. 세상과 인사를 나눈 그 순간부터 아기는 스펀지처럼 세상을 흡수하기 시작한다. 아기는 단순히 복사하는 것이 아니다. 두 눈을 반짝이며 온갖 상황을 주관적으로 모방함으로써 자신을 새로운 인격체로 창조하고 있는 것이다.

모방을 발칙함의 발로라 했던가. 발칙한 생각이 진지한 호기심을 만나면 동기가 발생한다. 모방에서 동기는 무척 중요하다. 그 동기로 인해 상상력은 무한한 곳으로 날아갈 수 있는 것이다.

동기는 어느 날 문득 누구에게라도 운명처럼 발생한다.

세상의 지식 쌓기와 체험은 우리 호기심의 또 다른 도전이고 새로운 세상을 향한 날갯짓이다. 처음부터 쉬운 일은 없다. 그 어떤 어려움도 조금 쉬운 부분부터 접하다보면 '뜻밖의 만남'은 어느새 친구처럼 친숙해질 것이다. 그러나 새로운 창작의 지혜는 간혹 시간으로부터 멀리 떨어져 있기 십상이다.

나는 여행을 좋아한다. 이 여행은 나만의 타임머신을 타고 어디든 휘젓고 다닐 수 있다. 이것은 나의 창조적인 놀이이다. 그래서 나는 늘 어딘가로 떠나 있고 늘 누구와 만나고 있다. 소설, 영화, 애니메이션, 다큐멘터리, 또 소설 원작을 각색한 드라마 등등, 장르 구별 없는 이 만남은 언제나 설레고 기쁘다. 나는 그들의 놀이를 수없이 모방하고 기록한다.

예술과 인문의 세계는 무한하고 나는 너무 미미하다. 무한한 세계는 점점 나를 새로운 세계로 이끌고 간다. 그때마다 나는 어떤 두려움보다 내가 조금씩 자라고 있음을 자각한다. 문득, 아깝다는 생각이 들었다. 발칙하게도 나는 이 놀라움과 두려움과 기쁨의 놀이를 전달하기로 한다.

나의 몇몇 놀이 속으로 들어가보자. 나는 영화 〈레디플레이어 원〉의 주인공을 신화 속 영웅 여정기로 해석하고, 다큐멘터리 〈블루베일의 시간〉에서는 카르페 디엠을, 〈이템바〉에서는 희망을 만났다. 애니메이션 〈치코와 리타〉의 가슴 아픈 순애보는 우리의 전설 '망부석'과 손을 잡았고, 아프리카 신화를 가져온 애니메이션 〈키리쿠와 마녀〉에서는 우리나라 '아기장수 전설'과 조우했다. 그리고 최부의 표류기 『금남표해록』를 만났을 때는 탁월한 리더십과 악수를 나누었고, 드라마 〈SKY 캐슬〉에 흥분했을 때는 프랑스 소설 『고리오 영감』의 일깨움에 귀를 기울였다.

　"신은 이야기를 사랑하여 인간을 만들었다"(엘리 위젤, 『숲의 문』)고 했다. 이야기를 찾아가는 나의 놀이는 어떤 '뜻밖의 만남'을 추구하고 더러 독특한 'Ana*'를 모색한다. 그들과의 만남은 신선한 자극이고 이미 신나는 놀이다.

　인간의 지성은 홀로 있지 않아 다른 쪽의 감성을 이끌어낸다고 한다. 그래서인지 우리의 무의식은 난데없이 준비되어 있지 않은 길을 보여주기도 한다. 정답은 하나가 아닐 것이기에 나는 모방하고 훔치는 놀이를 찾아 또 어딘가로 떠나겠다. 산티아고 순례처럼 홀로 걷다 보면 나의 실패는 수많은 질문들과 수정들로 축적되어갈 것이다.

　우리 삶의 불확실성은 예술과 만났을 때 더욱 큰 가치를 만들어낸다고 한다. 텅 빈 나는 감히 어떤 충만을 꿈꿀 수 있을까? 나는 은밀하게 그러나 과감하게 세상의 문을 두드리기로 한다.

『뜻밖의 만남, Ana』는 2년째 주간 신문 '춘천 사람들'에 게재하고 있는 글과 대학원 수업 발표 자료들을 모았다. 텍스트의 키워드를 해체하고 재구성하는 방식이지만 해석의 초점은 줄곧 '응시하기'에 두었다. 간혹 해석과 너무 먼 거리의 텐션이라면 당혹스러울 수도 있겠다.

감사드리고 싶은 분들이 많다. 시민과 동행하는 신문 '춘천 사람들', 강원대학교 대학원 스토리텔링학과 교수님들, 특히 『뜻밖의 만남, Ana』를 흔쾌히 책으로 묶어준 도서출판 달아실의 윤미소 대표님과 박제영 시인께 깊은 고마움을 전한다.

마지막으로 나는 『뜻밖의 만남, Ana』를 향유하려 부렸던 내 욕망이 전율이자 쾌락이었음을 고백한다. 그리고 묻는다.

발칙한 생각들로 결과가 바뀌는 예술가들이라면, 나는 어떤가? 당신은 어떤가?

* Ana : 어록, 명언(집), 일화(집)

1장.

———

한 잎의 온도,
그 묘미

1. 필경사 바틀비, 안 하는 편을 택하겠습니다

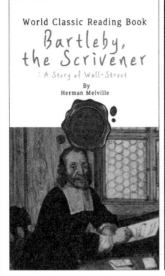 

필경사 바틀비 소설 원작 표지와 판소리 〈필경사 바틀비〉 공연 포스터

"안 하는 편을 택하겠습니다."

우리는 어떤 일, 어떤 상황, 어떤 사람 앞에서 저토록 확고
하게 의사를 표명해본 적이 있었던가? 사람이 살아가는 방
법과 방식은 아마 사람의 수만큼 수도 없을 것이다. 소극적
혹은 적극적 저항을 하며 자신을 던지는 사람들이 있다. 어
떤 삶이든 그 크기나 경중을 쉽게 비교할 수는 없다. 어떤 모
습이든 간에 그들은 세상을 변화시키고 세상에 영향을 미친
다. 허먼 멜빌의 소설 「필경사 바틀비」(1853). 나는 창백하리
만치 말쑥하고, 가련하리만치 점잖고, 구제 불능의 쓸쓸한 그
남자의 삶을 필사해보려 한다.

◆

법률사무소에 한 젊은이가 조용히 나타났다. 바틀비의 도래다. 그
곳에는 이미 터키, 앤 니퍼스, 진저 너트라고 서로가 붙여준 별명을 가
진 직원들이 있다. 바틀비는 필경사筆耕士 중 가장 이상했다. 처음에
는 굶주린 것처럼 묵묵히, 기계적으로 놀라운 분량을 필사했다.

자신이 쓴 필사본의 정확도를 검증하는 일은 필경사에게 중요한 일이다. 일은 그때 발생했다. 변호사가 함께 문서를 검증하자 할 때, 바틀비는 매우 상냥하면서도 단호한 목소리로 말했다.

"안 하는 편을 택하겠습니다."

상상해보라. 안 하는 편을 택하겠다니? 그것도 아주 분명한 어조로 편안하게 대답하다니? 얼마나 놀랍고 당황스러운가? 그렇지만 그에 겐 성질을 누그러뜨릴 뿐만 아니라, 남의 마음을 움직이거나 당혹스 럽게 하는 이상한 무언가가 있었다.

"소극적인 저항처럼 열성적인 사람을 괴롭히는 것도 없다."

사무실에서 나가지도 않고 책상에 앉아 있는 유령 같은 그는 구석 의 영원한 초병이었다. 일요일의 금융가 월 스트리트는 페트라처럼 버려진 곳, 바틀비의 불행은 빌딩 그림자 속에 쓸쓸히 숨어 있었다.

그런데 어찌 된 일까? 어느새 변호사나 다른 직원들마저 자신도 모르게 점점 자연스럽게 "택한다"는 말을 습관적으로 사용하고 있다. 바틀비는 막무가내로 문서 검증은 물론 필사마저 거부한다. 급기야 변호사는 돈과 엿새의 시간을 주며 최대한 예의를 갖춰 자리를 비우 라 한다. 헉! 그는 돈에는 손도 대지 않고 폐허의 사원에 남은 마지막

기둥처럼 침묵을 지키며 거기에 조용히 앉아 있다. 이상하게도 변호사는 그저 자신이 떠나는 걸 택한다.

경찰은 결국 꼼짝하지 않는 바틀비를 구치소로 보낸다. 그는 저항도 없이 순순히 따른다. 변호사가 두 번째 면회하러 갔을 때였다. 바틀비의 얼굴은 높은 벽을 향해 있었다. 변호사가 넣어준 돈으로 마련한 특별 식사도 마다하고 그는 쥐 죽은 듯 멍하니 눈을 뜨고 있었다. 그저 완강하게 하지 않는 편을 택하겠다던 그는 그렇게 조용히 스스로 죽음을 택했다. 변호사는 전율을 느낀다. 먹지도 않고 영원히 살고자 한 바틀비의 눈을 감겨준다. 그리고 이렇게 중얼거린다.

"세상 임금들과 모사들과 함께."

바틀비가 죽고 얼마 후 변호사는 하찮은 소문 한 가지를 듣는다. 바틀비가 워싱턴의 사서死書 우편물계의 하급 직원이었다가 갑자기 해고당했다는 것이다. 사서死書라니! 변호사에게 사서라는 말은 마치 사자死者처럼 들려왔다.

"주인 없는 편지 속에서는 이따금 반지와 지폐가 나왔고 구제는 더 이상 먹지도 배고파하지도 않는다. 생명을 심부름하는 편지들만 급히 죽음으로 치닫고 있을 뿐이다. 아, 바틀비여! 아, 인류여!"

미국 교과서에도 실리고, 조녀선 파커 감독에 의해 영화로도 만들어진 「필경사 바틀비」의 작가는 장편 소설 『모비 딕』(1851)을 쓴 허먼 멜빌이다. 컬럼비아대학교 영문과 교수이며 멜빌의 전기를 쓰기도 한 앤드루 델반코(Andrew Delbanco)는 "멜빌은 언어를 실험한 작가다. 유난히 해석이 까다로운 표현이 많다. 기존의 구태의연한 어휘나 용법을 벗어나 단어 하나라도 음미하듯 다룬다"라고 했다. 그는 멜빌을 자기만의 언어를 구사한 언어의 연금술사로 칭했다.

　하지만 『모비 딕』의 혹평과 출판사의 화재로 멜빌의 작품은 사서死書처럼 불타고 말았다. 「필경사 바틀비」는 그 어렵고 두려운 시기에 탄생한 작품이다. 자본주의의 등장으로 세계가 급변하던 시기에 세상의 틀을 깨는 편견은 독자의 몫이라는 듯, 작가는 바틀비가 왜 그러는지 끝까지 설명조차 하지 않는다.

　「필경사 바틀비」는 짧은 글이다. 창백하고 초라한 남자가 쓰는 기묘한 상투어 "안 하는 편을 택하겠습니다"에는 조용한 힘과 강한 침묵이 들어 있다. 이 상투어는 점점 싹트고 번식한다. 타인의 언어와 내면 의식과 상황들을 우회시킨다.

　내게 바틀비는 까다로웠다. 자본주의가 급성장한 시기에 저항이라도 하듯 묵묵히 침묵해버린 바틀비의 삶, '도대체 왜?' 의문에 휩싸였다. 여기에서 나는 감히 낯설고 강렬한, 특별하고 신비로운 그의 죽음을 깊이 애도하고자 한다. 책을 덮었을 때 왠지 머리와 가슴이 시큰

하고 답답했다. 그러나 나는 누구라도 손에 쉽게 잡히는 작은 분량의 그 바틀비와 주저 말고 한번 독대하기를 권한다.

그리하여 마지막까지 단호한 "안 하는 편을 택하겠습니다"에 중독되기를. 긍정도 부정도 아닌, 끝내 저항하는 그 소극적인 몸짓에 저항하기를.

2. 레디 플레이어 원과 신화적 영웅

영화 〈레디 플레이어 원〉 포스터

2045년 오하이오주 콜럼버스. 사람들은 보안경을 끼고 제각각 가상 세계 오아시스에 열중하고 있다. 오아시스에서는 상상한 모든 게 이루어진다. 원하는 캐릭터의 변신은 물론 어디든지 갈 수 있고, 뭐든지 할 수 있다. 하지만 현실은 시궁창 같고 모두가 그곳에서의 탈출을 꿈꾼다.

유사 이래 사람의 호기심은 상상의 날개를 펄럭이며 무한한 세계를 들락거린다. 그래서 사람이 있는 곳에는 이야기가 있고 신화가 있다. 신화는 끊임없는, 끝없는 인간의 상징이고 상징은 인간 영혼의 부단한 생산물이다. 어느 시대, 어느 상황을 막론하고 신화의 상징에는 영혼의 근원적 힘이 고스란히 보존되어 있다. 시간을 초월한 이 환상의 비밀은 무엇일까? 신화는 우리에게 무엇을 가르치고 있을까?

영웅이 치르는 신화적 모험의 표준 궤도는 통과 제의에 나타난 양식, 즉 '분리, 입문, 회귀'의 확대판이다. 이것은 원질신화(monomyth)의 핵심이다. 즉, 영웅은 일상적인 삶의 세계에서 초자연적인 경이로운 세계로 떠난다. 그러다 엄청난 세력과 만나 싸우고 맞서지만 결국 영웅은 결정적인 승리를 거둔다. 영웅은 이 신비스러운 모험에서 동료들에게 이익을 줄 수 있는 힘을 얻어 현실 세계로 돌아온다.

이렇듯 신화는 인간 세상에서 장엄하고 무시무시한 「신곡神曲」처럼 온전하게 피어난다. 그러나 제때 나고 죽는, 자기 중심적으로 투쟁하는 자아를 응시하는 정체불명의 탁월한 기쁨에는, 창조자의 무자비함이 가득하다. 신화가 우리 일상의 구조인 이유다.

◆

〈레디 플레이어 원(Ready Player One)〉(2018)은 어니스트 클라인(Ernest Cline)의 소설을 원작으로 한 거장 스티븐 스필버그 감독의 모험 영화이다. 이 영화는 조셉 캠벨의 『천의 얼굴을 가진 영웅』(1949)에 등장하는 '영웅의 여정 단계'를 거친다. 『천의 얼굴을 가진 영웅』에는 동서양의 고대, 그리고 현재에서 채집된 신화와 민간 전설이 한곳에 모여 있다. 캠벨의 책에는 삶의 길잡이로 삼아온 영웅들의 삶이 방대하면서도 놀라우리만치 일정한 상태로 보존되어 있고 그 유사성은 일정한 패턴을 보인다. 상징은 스스로 입을 열고 영웅은 언제, 어디서든 탄생할 수 있다.

주인공 웨이드는 어려서 부모를 잃었다. 그는 층층이 쌓인 위험천

만한 트레일러 빈민촌 이모네 집 꼭대기 세탁실에 얹혀산다. 어느 날, 온라인 게임 〈오아시스〉 창시자인 할리데이가 죽는다. 그리고 죽기 전에 남겨 놓은 그의 유언장이 공개된다.

"세 개의 열쇠를 찾아라. 미션을 통과해 '이스터에그'를 찾는 사람에게 오아시스의 소유권과 전 재산을 상속한다."

이 게임은 1980년대 대중문화 속에서 실마리를 찾는 두뇌 게임이다. 억만장자가 내건 일명 '이스터에그 찾기'는 복권 당첨 같은 꿈의 세상이다. 50여 년이 흐른 시점에서 1980년대 대중문화는 열풍에 휩싸이고 할리데이의 유산은 세상을 바꿔놓는다. 열여덟 살 웨이드는 오늘도 열쇠 찾기 레이싱에 참가하기 위해 오아시스에 접속한다.

우리는 어떤 사람을 영웅이라 부르는가? 오늘날 다양한 삶을 살고 있는 이 시대에 누군가에게 부름을 받는 이는 누구인가? 간혹, 우리는 위기의 순간에 몸을 던져 많은 사람을 구한다거나 위태로운 상황을 슬기롭게 대처해 큰 화를 모면하게 하는 사람들이 있다.

우주 에너지는 인류의 문화가 발로하는 은밀한 통로이다. 바닷물 한 방울은 바다를 대표하고, 하나의 벼룩 알에도 새 생명의 신비가 깃들어 있는 이치이다. 영웅이란 스스로의 힘으로 복종의 기술을 완성해가는 인간이다.

영웅의 소명은 필연적이다. 경계 너머에는 미지의 모험과 위험이 가득하다. 오아시스를 구하는 건 웨이드의 소명이자 영웅으로의 부름이다. 그는 정신적 스승 할리데이와 아르테미스, H, 다이토, 쇼 등 특별한 조력자들의 도움을 받아 모험을 떠난다. 모험은 일상의 가치와 논리에서 벗어나고 영웅은 시험을 통과하며 새로운 규칙을 배운다. 자기 자신을 죽이고 다시 태어나기 위해 고래의 입속으로 돌진한다.

영웅의 여정에서 순순히 허락되지 않는 협력자와 방해자, 적대자의 추격전 또한 필연적이다. 거대 기업 'IOI'의 수장 소렌토의 야망은 웨이드를 저지한다. 그리고 이모의 컨테이너를 폭발시킨다. 전부를 차지하려는 IOI와의 전쟁이 시작되었다. 아바타가 죽으면 모든 게 끝난다. 영웅은 미션을 싸고 있는 장막을 깨고 승리한다. 웨이드 파시발은 자신보다도 대의와 친구, 그리고 사랑을 지킨다. 아르테미스의 키스를 받고 오아시스의 새 주인이 된다. 영웅의 탄생이었다.

오직 탄생만이 죽음을 정복할 수 있다. 초인적인 힘을 발휘하거나 정의로운 일에 거침없이 대응하는 사람들도 태어날 때부터 그런 능력을 발휘하지는 않았다. 처음에는 평범하고 많은 약점을 가지고 있는 일상의 인간으로 우리와 같았을 것이다. 영웅도 우리처럼 불완전한 인간이기 때문에 우리는 영웅을 사랑한다. 영웅들은 우리에 의해 만들어지고 우리에 의해 영웅화되며 〈레디 플레이어 원〉과 〈매트릭스〉, 〈아바타〉처럼 재탄생을 반복하고 있다.

이 세상에서 사라지는 건 없다. 신화는 시대와 상황을 막론하고 고스란히 보존되어 있다. 그리고 시간을 초월한 이 환상의 비밀은 변화하고 재생된 다른 형상이다. 영웅은 언제든 자신을 죽이고 새로운 자아로 다시 태어나기 때문이다.

우리는 자주 난관에 부딪히고 많은 갈등을 겪는다. 그때 우리는 내면의 소리에 귀를 기울이게 된다. 꿈이나 예감, 직관이나 영감은 이 무의식의 신호다. 소명, 곧 부름의 신호는 우리가 가야 할 방향을 알려준다. 우리의 삶이 고통스럽고 힘들다면 우리는 어떤 부름으로 인해 혹독한 영웅으로서의 시련 과정을 겪고 있을지도 모를 일이다.

가상 세계 '오아시스'가 아닌 현실은 무섭고 고통스러운 곳이지만, 따뜻한 밥을 먹을 수 있는 유일한 곳이다. 왜냐면 현실이 진짜니까.

3. 양미자의 시詩, 그리고 '강렬하게-되기'

영화 〈시〉 포스터

이창동 감독의 영화 〈시詩〉는 2010년에 개봉되었다. 그때
는 스토리와 배우 윤정희의 연기에 집중하느라 정작 영화 속
을 관통하는 '양미자'를 놓쳤던 것 같다. 영화 〈시〉를 다시
만났다. 그리고 주인공 양미자를 해체하여 프랑스 철학자 들
뢰즈의 '되기' 개념으로 재구성한다.

◆

65세의 양미자는 혼자된 딸의 아들을 키우며 간병인 생활을 하고
있다. 어려운 일임에도 치매 초기인 그녀의 성격은 밝고 긍정적이다.
"당신도 시인이 될 수 있습니다"라는 문화원 안내장은 치매 초기 증
상인 그녀의 가슴에 큐피드 화살을 쏘았다.

그녀는 본다. 시를 쓰기 위해서 관찰하고 골똘하며 보는 것에 자신
의 온 '감각'을 몰입시킨다.

"시상은 언제 찾아와요?"

"어디로 찾아가요?"

영화 〈시〉는 양미자를 통해 들뢰즈의 '되기'를 끊임없이 추구한다.
그녀의 호기심과 궁금증은 점점 시인 '되기'로의 나아감이다. 그녀는

닮는다는 것에 만족하지 않는다. 그녀의 시 쓰기의 목표는 유사성도 모방도 동일화도 아닌 스스로 추구하는 새로운 지도의 제작, 곧 생성에 있다. 그리고 이 생성은 꿈도 환상도 아닌 완전한 실재적인 것이 된다.

들뢰즈는 "영화는 시간-이미지를 통해 창조된 사유-이미지들을 보여준다"고 말했다. 또 순간의 시뮬라크르(가상, 거짓 등을 뜻하는 철학 용어)를 유효하다고 봤다. 그는 관념은 죽지 않으며 항상 다시 사용된다고 한다. 그리고 이 관념의 꿈, 상징, 예술이나 시, 그리고 실천과 실천적 활용의 대상은 모두 다른 현재적 양태라고 보았다. 영화 〈시〉는 '강렬하게-되기' 개념으로의 표출이다.

모자가 날아간 강가 모래밭을 거닐던 양미자, 수첩을 꺼낸다. 빈 수첩에 빗방울 하나 떨어진다. 빗방울이 쓰는 시, 곧 강물 위에 떨어지는 빗발의 그 무수한 파문은 감각이 '세상에 있음'을 보여준다. 들뢰즈는 신체의 코기토, 즉 지각과는 다른 '감각'의 존재를 지적한다. 여기에서 말하는 '감각'은 바로 감각 기관을 통해 직접 몸으로 내려가는 존재론적 사건이다. 그렇다면 시를 찾는 그녀의 모든 행위는 바로 이 '감각'에 있다. 곧 감각을 추구하는 그녀의 시는 인식이 아니라 욕망이며 욕망은 그녀 자체의 존재 방식인 것이다.

양미자의 시 쓰기는 소녀의 죽음에서 비밀 수호 역할을 맡는다. 비밀은 특정한 내용들과 관련지어진다. 성범죄 사건으로 죽은 소녀와 범행 공범자인 손자 종욱 사이의 비밀은 집단적 배치물이고 집단 사회에 의해 발생된 사회적인, 사회학적인 관념물이다. 그러므로 비밀은 또 하나의 생성을 갖는다. 그러나 이때 생성된 비밀 또한 관념이 아니다.

그녀는 죽은 소녀 희진의 엄마를 찾아갔다가 찾아간 이유를 한순간 잊어버리고 되돌아온다. 세상을 바라보는 그녀의 양심과 용서는 자신의 시와 연결고리를 생성한다. 마지막 수업 시간, 아무도 숙제인 시를 제출하는 사람이 없다. 양미자만이 시를 제출했지만 이미 그녀는 그곳에 없다. 강물 위로 죽은 소녀를 위한 「아네스의 노래」가 흘러갈 뿐이다.

가난한 양미자는 범죄를 저지른 손주의 합의금을 마련하기 위해 간병하는 노인의 돈을 욕망한다. 그녀는 자신을 주고 돈을 얻어 손주를 구하려는 것이다. 그러나 끝내 자신의 잘못을 자각하지 못하는 손자를 경찰에게 넘기고 만다. 이는 손자 종욱의 '동물 되기'로의 차단이다. 영화는 함께 배드민턴을 치던 손주를 경찰차에 태워 보내고 아무 일 없었다는 듯 채를 옮겨 받은 다른 경찰과 공을 주고받는 롱쇼트로 끝을 맺는다.

'시'는 욕망을 욕망하는 감각의 표현이라 했다. 양미자의 '시 쓰기'는 텅 빈 충만이자 '강렬하게-되기' 개념으로의 유동이며 이미 또 다른 생성이다. 결국 현실과 도덕, 양심 사이에서 그녀의 '강렬하게-시인 되기'는 그녀의 '탈영토화/재영토화'이며 '되기'로의 강렬한 실천이자 확장이다.

그런 양미자에게 시는 사랑이다. 시 쓰기는 사랑의 실천이다. 그렇다면 우리들의 사랑, 배려, 노력, 긍정 모두 무엇인가 '되기' 위한 실천이다. 그렇지만 종종 망각되거나 드러나지 않는 실재적인 욕망의 생성은 언제나 쓰라린 중간에 있다.

4. 힘에의 의지, 기적을 그리다

다큐멘터리 〈기적을 그리다〉 스틸 사진

몇 년간 글을 모르는 60~80세 어르신들의 수업을 도와드린 적 있다. 그분들은 살아오는 동안 읽고 쓰는 일이 제일 어려운 일이라 했다. 더듬더듬 읽는 글소리가 부끄럽다며 동아리실 문을 꼭꼭 닫으셨던 어머니들. 배우지 못함이 자신의 잘못이 아님에도 글자를 모른다는 것은 평생 자신을 위축시켰다고 했다. 처음엔 글자를 배운다는 게 쑥스러워 자식들에게까지도 쉬쉬했다던가.

열정은 타올랐지만 막상 글의 깨침이란 사막의 모래알을 세는 것만큼 어려웠단다. 손에 힘이 없어 글자 하나하나 쓸때마다 온 힘을 기울이시던 어머니들. 처음으로 거리의 간판과 버스의 노선을 읽었을 때, 또 스스로 은행 일을 본 날을 이야기할 때의 그 눈빛을 나는 잊을 수가 없다. 꾹꾹 눌러쓴 서툰 글씨로 시도 쓰고 그림도 그려서 처음 시화전을 열고 그분들이 더듬더듬 자신의 시를 낭독하던 그날을 나는 또렷이 기억하고 있다.

◆

2012년 EBS 국제 다큐멘터리 영화제로 방영된 〈기적을 그리다 (Going up the Stairs)〉(2012)는 이란 여성 아크람의 이야기다. 감독 록사레 가엠마가미(Rokhsareh Ghaemmaghami)는 손주의 그림을 그려주다가 화가까지 된 아크람과 이란의 사회적인 불평등 구조를 따듯한 시선으로 담아내고 있다.

아크람은 50세가 넘어 자신 안에 숨어 있던 재능을 발견했다. 파리 생피에르 미술관은 그녀의 독특한 그림을 전시하기로 한다. 차도르를 쓰는 그녀는 아직도 남편이 무섭다. 과연 남편은 그녀의 파리행을 허락할 것인가?

그녀는 여섯 살에 손님으로 온 처음 본 아버지 친구의 눈에 들어 아홉 살에 결혼했다. 28세 연상인 남자와 혼인한 후 선물을 받고 친구들에게 자랑하는 그녀는 영락없는 어린 소녀다. 그러나 그녀는 순순히 삶에 순종하지만은 않았다. 그녀는 현명했고 자신을 사랑할 줄 알았다. 그녀에겐 억압과 구속의 삶 속에서도 자유롭게 톡톡 터져 나오는 아름다운 지혜와 여유와 유머가 있었다.

여자라는 굴레와 억압 속에서 살아온 아크람에게 그림 그리기는 삶의 기적이다. 그림을 그리고 싶을 때면 그녀는 무겁고 아픈 몸을 이끌고 2층으로 올라간다. 그녀의 그림 소재는 평소 자신이 봤던 것 중에서 가장 아름다웠던 것들을 상상해서 그린다. 그래서 그녀의 그림 세계는 독창적이고 독특하다. 그녀의 그리기는 남편의 잔소리에도 노래를 흥얼거리며 계속된다. 그녀는 쉬지 않고 조용히 그림 속에 자신을 투영하면서 마음의 치유를 얻는지도 모른다.

남편의 사포질 소리가 자꾸 거슬릴 때, 그림이 유난히 잘 그려질 때, 그녀는 이런 노래를 부른다.

"사포질로 연주하지 마세요."

"내 마음과 영혼이 도착했구나."

바느질을 하며 부르는 한 편의 시 같은 노래도 있다.

"가위가 어디 있는지 안 보이네, 악마야 내 가위를 찾아다오. 가위를 찾아주지 않으면 네 딸을 태워죽일 테다. 신의 도움으로 가위를 찾았어요. 악마의 딸을 도로 풀어줘야지."

나이 차이가 많음에도 불구하고 남편의 말에 대꾸하는 아크람의 말은 자연에서 노래하는 새소리 같다.

"당신의 눈썹은 당신이 잠든 사이에 자라나보다"

"난 늙으면서 인내심을 잃었지만 당신은 원래 늙은이었다구요."

그녀가 힘들 때마다 부르는 노래는 유머와 긍정적인 사고와 자신 스스로 제 삶의 주인이고자 하는 의지의 표출이다.

파리의 큰 미술관에 걸린 유명 화가의 단순한 그림을 본 뒤에 솔직하게 털어놓는 그녀의 말은 유머의 극치를 보여준다.

"면사포에 짜서 걸러지는 요구르트처럼 누가 쥐어짜는 느낌이었어요."

"껍데기에서 나온 달팽이가 된 기분이었어요."

"운이 좋으면 두 줄로도 박물관에 걸릴 수가 있군요."

이 어록 같은 그녀의 말 속에는 그녀가 삶을 어떻게 살고 어떻게 대하는지에 대한 그녀의 철학적인 깊은 태도가 들어 있다.

파리의 전시회를 마치고 그녀는 심장이 터질 것 같다면서 당분간 그림을 쉬어야겠다고 말한다. 한낱 구두장이인 자기가 밀림에 들어선 것 같다고도 한다. 하지만 그녀는 기이한 꿈을 꾸고 또 그 꿈을 그리려는 설렘으로 가득 차 있다. 어떤 굴레와 구속에도 그녀의 꿈은 날갯짓을 멈추지 않을 것이다.

매사에 신에게 감사하는 그녀의 모습은 경이롭기까지 하다. 힘들게 계단을 오를 때마저도 매번 신에 대한 감사의 기도를 노래한다. 무섭고 폭력적이기까지 한 남편을 달래며 티격태격하며 살아온 늙은 귀염둥이 신부는 이미 사랑을 요리할 줄 아는 지혜로운 셰프다. 그녀의 삶은 그녀에게 상상력을 선물해주고 노력은 그 상상에 날개를 달아주었다. 신이 준 영감이라며 감사해하지만 그녀는 자신의 꿈을 위해 굴하지 않는 마침내 화가이다.

누구에게나 꿈은 있다. 그러나 모든 꿈이 마음먹은 대로 척척 이뤄지지는 않는다. 그러기에 모두들 꿈 가까이에 다다르려고 끊임없이 자신을 찾아 두드리지 않는가. 그녀의 '그리기'에 대한 도전은 니체의 '힘에의 의지(Will to Power)'라 할 수 있다.

'힘에의 의지'란 내가 내 삶의 '주인이 되고자, 그 이상이 되고자 더욱 강해지려고 하는 의지의 작용'이다. 자신의 욕망을 추구하고자 항상 자신 안에서 운동하고 작용하는 존재 방식이다. 그때 꿈은 조금씩 구체적인 형상으로 제 모습을 드러낸다.

영화 〈내 사랑(Maudie, My Love)〉(2016)에서는 장애를 가진 민속화가 모드 루이스의 이야기를 다룬다. 혼자 사는 남자 에버렛은 자신의 삶에 만족하고 타인에게 정을 주지 않는 고집쟁이에다 외로운 사람이다. 그가 가정부를 구한다는 것을 알고 그녀는 의도적으로 그의 가정부로 들어간다.

"다르다고 싫어하는 사람들이 종종 있어요."

에버렛에게 모드는 닭, 개 다음에 오는 서열이었지만 둘은 사사건건 부딪치며 조금씩 이해해간다. 주변의 간섭과 부정적인 시선에도 불구하고 모드는 자신의 울타리를 과감하게 벗어던진다.

모드는 남편의 페인트로 벽에 나무 그림을 그린다. 처음으로 그림을 그리고 스스로 행복해하는 모습이 아름답다. 나무판이든 벽이든 공간만 보이면 어느새 그녀의 행복한 작품들이 자리를 잡는다. 영웅 옆에는 조력자가 있는 법, 동네 이웃인 산드라는 모드의 그림을 이해하고 한 장에 10센트를 지불한다. 모드는 점점 그림에 집중하고, 그린

그림을 마트에 진열한다. 산드라는 그림을 주문하고 모드의 그림은
뉴욕으로 간다.

　모드와 에버렛의 삶이 신문에 실리고 닉슨 부통령이 모드의 그림을
구입하면서 그들은 유명세를 치른다. 둘은 서로 부딪히다 다른 방향
으로 돌아서 걸어간다.

　"난 바라는 게 없어요. 붓 한 자루만 있으면 아무래도 좋아요. 내 인
생 전부가 이미 액자 속에 있어요."

　모드의 말은 '힘에의 의지' 표명이고 그 '힘에의 의지'는 모드를 독
립시킨다.

　예술가 프리다 칼로는 47세의 나이로 죽기 직전에 평생 암울했던
그녀의 삶과는 전혀 다른 감정의 그림을 그린다. '수박 정물화'이다.
그녀는 작은 수박 조각에 "Viva la Vida"라는 문구를 조각해놓았다.
그녀의 마지막 '수박 정물화'를 보면서 콜드플레이의 「Viva la Vida」
를 듣는다. 오직 자신의 '힘에의 의지'로 완성되는,

　비바 라 비다!
　인생 만세!

5. 비밀 우정과 폭풍우 치는 밤에

애니메이션 〈폭풍우 치는 밤에〉 포스터

폭풍우가 몰아치며 천둥 번개가 으르렁거리는 밤이었다. 친구들과 놀던 염소 한 마리가 번쩍거리는 번개와 폭풍우의 무서움을 피해 빈집으로 숨어든다. 잠시 후 잡아먹을 듯 고함치는 천둥 번개를 피해 또 누군가가 빈집으로 숨어든다. 오두막은 너무 깜깜하다.

"아무것도 보이지 않아."

칠흑 같은 밤, 서로의 얼굴을 볼 수 없는 어린 염소 '메이'와 늑대 '가부'의 첫 만남은 외모가 아닌 목소리만으로 이루어진다. 염소와 늑대지만 서로의 정체를 모르니 태연자약하다. 감기마저 걸려 서로 냄새도 맡지 못하고 다행이라는 듯 안도하며 반갑게 이야기를 주고받는다. 둘은 식습관부터 싫어하는 것까지 너무나 잘 맞았다.

"우린 서로 잘 통하네요."

"좋은 친구가 될 것 같군요."

둘은 많은 얘기를 나눈 뒤 서로 말이 잘 통한 것이 좋아 밝은 날 오두막집 앞에서 다시 만날 것을 약속한다. 둘이 약속한 친구인지를 확인하는 암호는 '폭풍우 치는 밤에'로 정한다.

◆

　우정은 비밀 약속으로부터 시작된다. 푸르른 날, 좋은 친구가 될지도 모른다는 기대를 하며 둘은 약속 장소로 간다. 드디어 오두막집 앞에서 반갑게 "폭풍우 치는 밤에"를 외치며 둘은 서로 얼굴을 마주 본다. 그 순간 그들의 운명은 폭풍우 앞의 등불처럼 서 있게 된다. 그들은 로미오와 줄리엣처럼 원수로 만난 평행의 관계가 아니다. 먹고 먹히는 먹이사슬의 상하 관계에 놓여 있다. 그랬다. 염소와 늑대는 먹고 먹히는 천적 관계인 것이다. 그러나 둘은 친구가 되고 소풍을 가기로 약속한다.

　"늑대랑 점심 먹기로 한 염소가 있을까?"

　"이래봬도 내가 가장 중요하게 생각하는 게 우정이거든."

　둘은 서로 엄마와 할머니가 가장 소중하다고 이야기하던 우정이란 걸 알게 되고, 둘도 없는 소중한 친구가 되어 첫 소풍 길에 도시락을 먹을 장소를 찾아 산꼭대기에 오른다.

　늑대 가부는 앞서 걸어가는 메이의 엉덩이를 보며 쩝쩝 입맛을 다시고, 맛있는 도시락을 놓고 먹지 못하는 고통에 시달린다. 그렇지만 가부는 맛있는 먹이인 염소를 앞에 두고도 참기 힘든 유혹을 끝끝내 뿌리친다.

　가장 소중한 우정을 지키기 위해서 가부와 메이는 주변의 시선을 피해 몰래몰래 만나고 둘의 비밀 우정은 쑥쑥 자란다. 가부와 메이는 같이 있는 순간이 가장 편안한 시간인 걸 알지만 과연 그들의 우정이

언제까지 이루어질 수 있을까?

늑대와 염소의 만남이라는 독특한 설정의 애니메이션 〈폭풍우 치는 밤에〉의 원작은 기무라 유이치의 그림책 『폭풍우 치는 밤에』시리즈이다. 이 그림책은 스기이 기사브로 감독에 의해 2006년 애니메이션 〈가부와 메이 이야기(Stormy Night)〉로 제작되었고, 이 애니메이션은 다시 2013년에 아미노 테츠로 감독에 의해 〈폭풍우 치는 밤에: 비밀 친구(One Stormy Night)〉로 새롭게 제작되었다. 2012년에는 일본 TV만화영화로도 방영되었다.

상황이 변하게 되거나 어느 한쪽이 불리한 상황이 되면 약속은 지켜지기 어려워진다. 우정의 힘을 시험하는 장애물은 곳곳에 있는 법. 그러나 주변의 여건이 불가능하다는 것을 알게 될수록 메이와 가부는 서로가 같이 있으면 정말 따뜻하고 행복하다는 더 중요한 사실을 깨닫게 된다. 그리고 늑대와 염소가 서로 행복할 수 있다는 전설의 숲을 찾아가기로 한다. 서로의 소중함을 알아가는, 죽음을 무릅쓴 그들의 여행길은 험난하다. 추위와 배고픔에 시달리며 둘은 전설의 숲에 무사히 도착할 수 있을까?

먹이사슬 관계인 늑대와 염소의 비밀 우정 지키기, 애니메이션 〈폭풍우 치는 밤에〉는 가슴 두근거리는 스릴과 비장함으로 잔잔한 울림을 준다. 특히 약속이 얼마나 지키기 힘든 것이며 그 약속은 진정한 사랑과 우정 없이는 지켜질 수 없다는 것을 잘 보여주고 있다.

작가 윌리엄 포레스터와 흑인 고등학생 친구 자말 월러스의 우정을 다룬 영화 〈파인딩 포레스터(Finding Forrester)〉(2000)에서도 약속의 장면이 나온다. "네가 우선 배워야 할 건 비밀을 간직하는 거야."

그렇다. 비밀이 지켜질 때 약속은 지켜지고 둘의 관계가 유효해진다. 관중管仲과 포숙鮑叔의 우정, 관포지교管鮑之交를 보자. "나를 낳아준 이는 부모지만 나를 알아준 이는 포숙이다"라고 말할 정도로 그들의 우정은 서로를 믿고 알아주는 무언의 약속에 있었다.

유백아俞伯牙와 가난한 나무꾼 종자기鐘子期의 우정도 있다. 유백아는 자신의 슬프고 깊은 거문고 연주를 이해한 종자기가 죽자 유일하게 자신의 음악을 알아주었던 종자기를 따라 죽는다. 자신의 속마음을 알아주는 친구를 '지음知音'이라 부르게 된 연유가 여기에 있다.

전설의 숲도 몇 번의 계절이 지난다. 혼자가 된 메이가 가부와 가족들을 그리워하며 "난 끝났어!" 하는 순간 늑대가 나타났다며 숲이 술렁인다. 죽은 줄 알았던 둘은 극적으로 만나게 된다. 그러나 가부는 이미 눈사태로 기억을 잃은 후다. 가부는 메이를 동굴로 잡아끌고 가 보름달이 뜨면 맛있게 잡아먹겠다며 보름달을 기다린다. 메이는 가부에게 소리친다.

"한때 나는 너에게 잡아먹혀도 좋겠다고 생각한 적이 있었어. 우리는 함께 이 전설의 숲으로 오지 말았어야 해. 폭풍우 치는 밤에 만나지 않았어야 해."

늑대의 눈빛이 흔들린다.

"폭풍우 치는 밤에?"

화들짝 놀라며 가부의 기억들이 하나씩 되살아난다.

메이와 가부는 서로 나란히 앉아 둥실 떠오르는 아름다운 보름달을 마주 본다.

좋은 친구가 되기 위한 필요조건은 서로 존중하고 배려하는 마음이다. 의심 없는 믿음이다. 서로의 슬픔을 함께 나누고 기쁨을 진정으로 함께 축복해준다면 우정의 도자기는 더욱 빛날 것이다. 제일 가까운 친구가 나를 알아주지 못할 때 얼마나 야속한가? 쌓이는 야속함과 배신은 어떤 믿음의 두께도 녹이고야 만다.

우정이란 화초는 서로가 서로에게 관심이란 물을 잘 주어야 계속 소중한 꽃을 피워 올릴 것이다. 메이와 가부처럼 소중한 비밀을 간직한 친구 하나만 있어도 우리의 삶은 얼마나 아름답고 행복하겠는가. 그들의 순수한 우정은 미세 먼지가 가득 낀 우리 삶의 안구와 영혼을 씻어준다. 일상이 한결 맑아진다.

나는 너에게 줄 그림 동화책을 한 권 산다. 친구야, 우리 순수했던 그때의 마음을 잃지 말자꾸나. 나란히 앉아 둥실 떠오르는 새해의 아름다운 첫 보름달을 마주 보기 위해 나는 너의 전화번호를 누른다.

6. 첼로 켜는 고슈, 오늘은 참 이상한 밤이야

애니메이션 〈첼로 켜는 고슈〉 포스터

애니메이션이 시작되면 풀벌레 소리가 요란스럽게 들리고 아이들의 노래가 울려 퍼진다. 바람이 심상치 않아 동네 어귀에서 고무줄놀이 하고 있던 아이들은 하늘을 올려다본다. 비가 오려는 조짐이다. 베토벤 교향곡 6번 4악장이 요란스레 폭풍우 사이로 흐르고 사람과 곤충 등 모든 자연이 서둘러 집으로 달려간다. 연습하는 금성음악단 단원들의 연주가 천둥 번개를 치는 산자락과 들판을 지나 헉헉거리며 집에 도착했을 때 마을은 이미 흠뻑 젖은 생쥐다. 소낙비가 한바탕 휩쓸고 간 세상은 문득 여린 풍경이다.

◆

애니메이션 〈첼로 켜는 고슈(Gauche the Cellist)〉는 미야자와 겐지 의 원작 동화를 바탕으로 다카하타 이사오 감독이 1982년에 만든 작품이다. 〈첼로 켜는 고슈〉는 장엄하고 아름다운 베토벤 6번 「전원 교향곡」과 시골의 한 작은 오케스트라단의 연습 과정이 배경이다. 스토리는 고슈라는 한 첼리스트가 자연과 교감하여 음악을 완성해간다는 내용이다. 세계라는 지상의 공간이 틈새조차 없는 하나로 공유되는 요즘 신세대에겐 때론 동화처럼 아름답고 황당한 스토리가 많은 위안이 되기도 한다.

> "자넨 참 큰일이야. 도대체 연주에 감정이 없어. 음도 안
> 맞고 자네만 끈 풀린 신발 질질 끌면서 다른 사람 꽁무니
> 를 쫓아오는 것 같아."

고슈의 첼로 연주는 지휘자에게 지적을 받는다. 혼이 난 고슈는 눈물을 글썽이지만 낡은 첼로를 껴안고 혼자 조용히 또 연습한다. 물레 방아가 있는 변두리 강가 고슈의 집에서 밤늦도록 첼로가 징징대고 있다. 이야기는 밤늦은 시간, 4일 동안 고슈의 집에 찾아오는 뜻밖의 친구들과의 만남을 묘사하고 있다.

첫날, 얼룩 고양이가 마당에 심어놓은 풋토마토를 선물로 내밀며 첼로 연주를 부탁한다. 고슈는 무슨 꿍꿍이인지 귀마개로 귀를 틀어 막는다. 고양이는 슈만의 「트로메라이」를 요청했지만 그가 연주하는 곡은 「인도의 호랑이 사냥」이다. 폭풍이 휘몰아치는 거친 자연에서 호랑이 사냥으로 고슈는 밤을 새운다. 음악에 홀린 듯 격렬하게 감전된 고양이는 혼쭐나게 달아나고 고슈는 아침에서야 잠에 떨어진다.

다음날 밤늦은 시간에 찾아온 두 번째 손님은 뻐꾸기다. 고슈는 '뻐꾹' 하고 만 번 울면 만 번 모두 다르다며 도레미파를 정확하게 배우고 싶다며 첼로를 켜달라는 뻐꾸기를 귀찮아하지만, 마지못해 첼로

를 켜면서 어느 순간 자신의 첼로 소리보다 새의 노래가 더 그럴듯하다는 걸 깨닫는다. 고슈는 비로소 타자의 소리에 귀를 기울인다. 그사이 동쪽 하늘이 희미하게 밝아온다.

세 번째 밤에 찾아온 친구는 아기 너구리다. 너구리는 「유쾌한 마부」라는 재즈곡을 내밀고는 연주해달라며, 들고 온 작은 막대기를 두드린다. 시간이 갈수록 고슈의 첼로 연주와 너구리의 막대기가 잘 어우러진다. 연주가 끝나고 아기 너구리가 고개를 갸웃거리며 이상하게 두 번째 줄이 자꾸 늘어진다고 하자, 고슈는 깜짝 놀란다. 그러고는 "이 첼로가 워낙 안 좋아"라며 서글프게 말한다.

어디가 안 좋을까? 너구리와의 연주는 계속되고 동쪽 하늘은 벌써 훤히 밝았다.

네 번째 밤. 밤새운 연습으로 지쳐 졸고 있을 때 이번에는 들쥐가 아기를 데리고 들어온다.

"우리 아이를 살려주세요."

"내가 의사도 아닌데 무슨 수로."

들쥐는 고슈의 음악 소리가 동물들을 치료했다는 사실을 말해준다. 고슈는 아기 쥐를 첼로 속에 밀어 넣고 무슨 '랩소디'인가를 꿈결처럼 연주한다. 아기는 다 나았고 오직 연주에만 몰입했던 고슈는 풀썩 쓰러져 잠이 든다.

애니메이션 〈첼로 켜는 고슈〉는 꿈결 혹은 풍랑 같은 아름다운 음악과 초록색과 주황색의 따뜻한 정경 속에서 진정한 행복을 찾아가는 고슈의 연습 과정을 그리고 있다. 고슈는 밤늦게 찾아온 동물 친구들에게서 감정 표현과 피나는 연습의 필요성, 그리고 진심으로 음악을 즐기는 법을 배운다. 대화를 나누고 연주를 함께하면서 소극적이었던 자신을 떨쳐내고 자신감을 되찾는다. 더불어 자기의 음악이 누군가를 치료한다는 놀라운 사실까지 깨닫는다.

고슈의 집에는 베토벤이 눈을 부릅뜨고 있다. 청력을 잃고서도 음악을 멈추지 않았던 베토벤처럼 자신의 연주를 비로소 타인에게 들려주게 되면서 고슈는 동물 친구들에게서 오히려 자신이 더 치유되었음을 깨닫는다.

금성음악단 연주회는 성공적으로 끝났다. 지휘자는 감격의 눈물을 흘린다. 앙코르 무대에 고슈가 떠밀려 나간다. 고슈는 자신이 웃음거리가 됐다고 생각하면서 고양이를 놀려주었던 「인도의 호랑이 사냥」을 켠다. 나흘 동안 친구들과 함께했던 감정을 오롯이 연주에 담는다. 몰입하고 또 몰두한다. 앙코르 박수가 끝없이 이어진다.

"오늘은 참 이상한 밤이야."

요즘 우리의 삶은 심각 그 자체라 해도 과언이 아니다. 열심히 일한 당신에게 피로 회복제 같은 애니메이션 〈첼로 켜는 고슈〉를 권한다. 오래된 영화이지만 고슈와 그의 친구들은 어렵고 까다롭다고 생각하는 클래식을 우리가 지루하지 않게 좀 더 쉽게 이해하고 감상할 수 있게 한다. 베토벤의 「전원 교향곡」과 여러 배경 음악의 선율, 그리고 화면 가득 흐르는 자연의 아름다운 색감, 또 동물들과 나누는 재미있는 대화는 영화를 보는 내내 행복한 웃음을 짓게 할 것이다.

고슈가 귀가하는 밤늦은 시간, 멀리 뻐꾸기들이 날아간다. 고양이가 살며시 다가와 함께 걷는다. 아름다운 음악이 밤을 수놓는다.

7. 아이언 자이언트와 별똥별 친구

애니메이션 〈아이언 자이언트〉 포스터

순식간에 사라지는 별똥별을 보면서 우린 왜 소원을 빌까? 우주에 대한 미지의 꿈은 동서고금 같을 것이다. 어느 날 별똥별 하나가 지구를 향해 돌진한다. 폭풍이 몰아치는 날 밤에 지구에 낯선 물체가 당도한다. 다음 날 신문에서는 러시아 위성이 발견되었다는 뉴스가 대서특필되고 고깃배의 선장은 폭풍 속에서 목격한 거대 로봇에 대해 떠들어댄다. 다른 사람들에겐 그냥 뉴스거리이고 한낮 허풍떠는 영웅담 같지만 사실은 거대한 로봇 '자이언트'의 불시착이다.

자전거 바큇살처럼 바쁘고 명랑한 모험 소년 호가드는 엄마와 단둘이 살고 있다. 다람쥐를 애완용으로 키우겠다고 엄마에게 허락받으러 간 카페는 엄마의 직장이다. 엄마가 일하는 장소를 카페로 설정한 것은 홀로 아이를 키우며 사는 저층의 생활고를 고스란히 보여주기 위함이다. 그러나 엄마의 밝고 긍정적인 사랑이 넘치는 성격을 보면서 우리는 호가드의 천방지축 뛰어난 상상력이 어디에서 왔는지 짐작할 수 있다.

작은 시골 마을 록웰에 사는 외톨이 소년 호가드의 폭넓은 상상력은 호기심을 자극하는 기폭제가 되고 호기심은 무모한 용기가 된다. 용기는 멈칫거림이나 두려움 없이 불시착한 로봇을 구해주게 되고 둘은 기꺼이 친구가 된다. 말을 가르치고 정체를 숨겨주며 서로 동화되어간다.

인상적인 몇 장면을 골라보자. 로봇이 소위 시체 놀이를 하는 것처럼 정부 요원 켄트를 속이는 장면. 어린 호가드가 로봇에게 죽음을 이해시키면서 영혼은 죽지 않는다고 말하는 장면. 옆으로 누운 로봇이 자동차 보닛을 열었다 닫았다 하며 죽음을 슬퍼하는 장면. 그리고 별이 반짝반짝하는 밤하늘을 바라보면서 영혼은 죽지 않는다고 혼자 중얼거리는 장면들을 들 수 있겠다. 또한 영화는 인간과 로봇의 섬세한 감성까지 잘 보여주고 있다.

◆

브래드 버드 감독의 〈아이언 자이언트(The Iron Giant)〉(1999)는 요즘 애니메이션에 비추어보면 고전이라 할 수 있다. 외계에서 날아온 존재와 지구 소년과의 우정이라는 스토리는 영화 〈ET〉(1982)로 인해 식상할 만큼 익숙하다. 그런데 내용을 들여다보면 아동을 위한 애니메이션이라기엔 조금 무리가 따른다. 〈아이언 자이언트〉는 고전적 스토리에도 불구하고 훨씬 다양한 텍스트를 담고 있기 때문이다.

그런 성향들은 브래드 버드 감독의 독특한 제작 방식에서 알 수 있다. 그는 애니메이션의 장르적 내러티브를 익숙하고 편안하게 다루면서도 그 속에 사회적 문제의식을 곧잘 숨겨놓는다. 아이들을 환호하게 한다는 것이 쉬운 일이겠는가. 그런데 〈아이언 자이언트〉는 감성이 무딘 어른들까지 동요하게 만드는 힘이 있다. 〈아이언 자이언트〉의 브래드 버드 감독은 애니메이션 〈심슨 가족〉(1989~1998)의 연출과 애니메이션 〈라따뚜이〉(2007)와 〈인크레더블〉(2004, 2018)의 감독 및 제작자로도 유명하다. 더구나 〈아이언 자이언트〉의 목소리는 유명 배우 '반 디젤'이 연기했다.

테드 휴즈의 원작 소설 『아이언 맨(The Iron man)』(1968)이 1957년 미소 냉전 시대를 배경으로 하고 있어서인지 애니메이션의 작품 배경도 굳이 동시대를 택하고 있다. 그러니 〈아이언 자이언트〉의 배경은 현재가 아닌 과거이다. 또한 작품의 내러티브를 이끄는 것 또한 자이언트의 등장과 그가 일으키는 사건이 아니라 경직된 이데올로기로 무장한 어른 켄트이다. 호가드의 눈에 비친 자이언트는 우호적인 존재지만 정부 요원 켄트의 눈에 비친 자이언트는 적대적인 존재 그 자체이기 때문이다.

영화는 규모조차 거침없이 확장된다. 외부 침략이라 추정하며 파헤치는 켄트는 과도한 진압군의 등장, 전쟁을 방불하게 하는 총격전과 미사일 발사까지. 피해를 주지 않음에도 적이 아닌 적을 만들어간다. 광적인 켄트의 욕망과 가치관은 세계 평화를 이끌어간다는 할리우드식의 선악 구조를 담고 있다. 결국 영화는 어떤 상황에서도 자신의 선택을 요구하고 결정하게 한다. 미국 영화다운 특성이다.

감독은 왜 아이의 상상력을, 왜 하필이면 '첨예한 이데올로기의 대립, 소련의 인공위성 발사 성공, 핵전쟁에 대한 공포' 등등 아동용 애니메이션에 적합하지 않은 시대적 배경을 설정했을까? 게다가 작전 중에 잠시 등장하는 학교의 시청각 수업 장면에서까지 전쟁의 당위성을 설득한다. 미국의 것이 아니면 적이라는 경직된 이상주의를 가르치고 있지 않은가.

결과적으로 록웰이라는 작은 마을을 비극으로 치닫게 하는 것은 외계에서 온 자이언트가 아니고 인간이 쏘아 올린 단 한 방의 미사일이다. 그것이 그 시대의 비극적인 현실이고, 전쟁 이데올로기에 대한 애니메이션 〈아이언 자이언트〉의 반성인지도 모르겠다.

그러고 보면 이 애니메이션은 확실히 양면의 상징성을 가진다. 자이언트는 평소엔 호기심 가득한 호가드와 친구지만, 무기만 보면 적으로 반응하도록 프로그램되어 있다. 한마디로 어떤 상황에서는 파괴적인 작동을 일으키는 것이다. 이것은 자이언트가 무기로 만들어졌다는 사실이다. 하지만 자이언트는 호가드가 가르쳐준 대로 무기가 되길 거부한다. 자이언트는 괴수 아토모가 아닌 슈퍼맨이 되고 싶은 것이다.

그러나 인간의 욕망은 과학을 이용해 전쟁의 양상을 더욱 파괴적으로 그리고 비극적으로 끌고 간다. 결국 자이언트는 무자비한 무기가 아닌, 비극적이지만 자신의 선한 의지를 선택한다.

로봇은 소년과 마을을 지키기 위해 슈퍼맨을 자처하며 미사일을 향해 날아오른다. 산산조각 난 로봇 조각들이 메시지처럼 꿈틀거리며 재조립된다. 영혼은 죽지 않고 영웅은 죽지 않는다고 말이다.

애니메이션 〈아이언 자이언트〉는 초반 스토리는 작은 소동쯤으로 여겨지다 후반부로 갈수록 블록버스터로 진화된다. 〈아이언 자이언트〉는 낙관적이고 감동적이지만 그만의 방식으로 어른들의 무자비한 시대적 반성을 분명히 요구하고 있다.

"넌 있어. 나, 간다. 따라오지 마."
"사랑해."

8. 소리의 체온, 새야 새야

드라마 〈새야 새야〉 스틸 사진

"사랑한다는 말을 단 한 번 세상의 공기 속에 섞어놓을 수 있다면, 그 말을 세상에 주고 갈 수 있다면, 저 집의 한 시절에게 주고 가고 싶다."

철로에서 업혀 올 때나 지금이나 "숨겨주세요"란 말밖에 못 하는 여자를 부축한 작은놈이 큰놈 집을 잠시 바라본다. 그리고 하염없이 눈보라 속을 걸어간다. 한때 그 집에는 그들만의 소리가 있었다. 어릴 적 엄마와 큰놈과 작은놈은 그들만의 소리의 체온으로 더없이 행복했다.

돌아가시기 전 어머니의 마지막 꿈은 작은놈 호주머니에 볼펜 달린 수첩을 넣어주며 "슬퍼하지 말고 미래를 가져라"였다. 그러나 작은놈은 글을 배우면서부터 외로움이란 것이 생겼다. 어머니가 말한 미래는 무엇이었을까? 신경숙의 단편 소설 「새야 새야」(『풍금이 있던 자리』, 문학과지성사, 1995)를 읽고 그것을 각색한 TV문학관 드라마 〈새야 새야〉(2005)를 보았다. 나는 듣지도 못하는 큰놈과 들을 수는 있지만 말을 못 하는 작은놈에게서 각기 다른 소리의 체온을 체감한다.

◆

신경숙의 단편 「새야 새야」는 문자의 소리다. 문자에서 기쁘고, 문자에서 슬프고, 문자로 울고 웃는다. 그러나 고영탁 연출의 TV문학관 〈새야 새야〉는 영상이 보이는 소리이자 말의 체온이다. 차갑고 따뜻한 모든 감정이 화면에 가득 들어 있다.

전혀 듣지 못하는 형의 질문에 조금 듣는 데다가 읽고 쓸 줄 아는 동생은 이렇게 설명한다.

"움직이는 것들에게선 소리가 나."
"저 새는 무슨 소리를 내는가?"
"포르르, 아니 행복한 소리, 아무 데나 갈 수 있어서
행복한 소리."
"물은?"
"헤어지는 소리."
"바람은?"
"잠 깨우는 소리."
"꽃은?"
"마음 설레는 소리."
"기차는?"
"도망치는 소리."

"물은?"

"헤어지는 소리."

예쁜 형수는 소리의 체온을 갈망하며 큰놈을 떠난다. 벙어리 큰놈 역으로 나온 배우 정찬은 대사 한 줄 없다. 말하려고 하면 가끔 소리가 아닌 의성어가 튀어나온다. 소리가 그리워 떠나는 부인에게 쓴 편지가 말이 아닌 내레이션으로 한 편의 시처럼 낭송된다.

"살아가는 것이 슬픈 생각이 든다 / 당신도 그러하겠지만 / 당신은 슬퍼도 그에 버금가는 힘을 가졌으면 한다 / 이 돈으루 기차를 타고 / 먼 데루 가라 / 그리고 / 부디 행복해라"

적막에 시린 큰놈은 참깨가 톡톡 터지던 집에 불을 지른다. 가을밤은 불꽃처럼 타오르고 큰놈은 엄마가 근처에도 가지 말라 했던 철길에 아버지처럼 자신의 체온을 눕힌다.

"아~ 소릴 질렀는데 혀 밑에서 헛바람만 말려 나올 때면 작은놈은 마을 외곽을 걸었다.""세상의 모든 소리를 다 들어서 속을 채우면 말을 못 해 공허한 자리가 메워질 것만 같았다.""호로로, 소리가 났다. ~ 감자에 붙어 있는 씨눈이 싹트는 소리였다. 씨눈은 캄캄한 데서 호로로호로로 눈을 떴다.""거길 가면 어머니도 그렇게 눈을 떠줄 것이었다. 호로로호로로."

작은놈의 모든 것을 함축하고 있는 이런 아름다운 소설 속 묘사들을 영상으로 볼 수 없다는 것은 큰 아쉬움이었다. 그럼에도 영상을 흐르는 소리에는 음성이든 손짓이든 저마다의 체온이 있어 차갑거나 따듯했고 설레거나 쓸쓸했다. 초록과 꽃들과 흰 눈의 배경만으로도 시리게 아름다운 〈새야 새야〉였다.

소설 속 작은놈과 펜팔을 주고받은 '미래'는 키가 도토리만 한 여자인 데 왜 영상에서는 키도 크고 날씬한 예쁜 여자를 보여주었을까?
　원작의 시작 부분부터 나오는 개가 드라마에서는 나오지 않았다. 작은놈의 외로움이 더 춥게 느껴졌다.
　소리를 듣는다는 게 괴로워 글자를 짓이겨버린 작은놈에게 소리를 이기게 해준 것도 여자이고 글을 다시 버리게 한 것도 여자였다. 그런 작은놈이 배 속의 아이를 담고 있는 여자를 데리고 눈보라 속을 들어선다.

　　"새야 날아가지 마. 누 눈아 잠시 멎어봐. 다 달아 너도 구름 속에 들어가 있어. 나 나는 돌아갈 거야. 짖지 말아. 부르지 말아. 모 모두들 자. 잠시만 숨을 죽여줘. 내 내가 어디로 가는지 보지 말아줘. 나 나는 아무것도 남기고 싶지 않아. 바 발짝까지 챙겨 가고 싶어."

　한 손으론 여자를 부축하고 또 한 손에는 작은 자루가 들려 있다.

푹푹 빠질 만큼 쌓인 설산雪山이 거울처럼 둘을 비춰준다. 작은놈은 자루를 풀고 삽을 꺼낸다. 눈빛과 달빛에 삽날이 번뜩인다. 작은놈이 무덤을 두드린다.

"어머니 열어주세요. 작은놈이에요."

"숨겨주세요."

무덤 아가리가 조금 벌어진다. 어딜 그렇게 헤매고 다녔던 것인지.

원작 소설 「새야 새야」 속에도, TV문학관 드라마 〈새야 새야〉 속에도 슬픔이 가득했다. 소설의 묘사는 눈부신 만큼 아팠고, 드라마의 영상은 아름다운 만큼 가슴이 저렸다. 공간을 넘나드는 시간의 흐름은 난해한 듯했지만 집중하게 했고 시공간을 넘나들 때마다 운명은 파도처럼 너울졌다. 큰놈과 작은놈으로 분한 '정찬'과 '진구'의 열연, 특히 떠돌이 여인 역을 연기한 '반민정'의 연기는 깊은 여운을 남겼다. 도대체 시골과 어울리지 않는 '이연수'의 미모는 등장부터 슬픈 운명을 예감할 수 있었다.

드라마는 신체적 장애에서 빚어지는 연민과 동정을 보여주려 함이 아니다. 인생은 서로의 삶과 삶이 얽혀 맺어지거나 떠남에 있다. 소리를 잃은 말은 소통이 불편하고 그 불편에 의해 우린 많은 것들을 회피하려 한다.

드라마 〈새야 새야〉는 이기적인 세상과 사랑에서 소외된 약자들의 가슴 저린 비극을 애도하고 있다. 슬픔을 사계절 아름다운 영상으로 담아내어 시청자들을 압도한다.

TV문학관 〈새야 새야〉는 소설가 신경숙의 문학적 정수와 고영탁의 탁월한 연출이 만나 작품의 완성도를 높였다는 평을 받았다. 또 이 작품은 2006년 이탈리아상 대상을 수상하기도 했다.

"내일은 없다. 매 순간순간 충만하라"고 니체는 말한다.
우리에겐 매 순간 따뜻하고 자유로운 체온이 있음으로, 살았기에 나오는 행복한 소리가 있음으로.

9. 돌날과 천칭자리

연극 〈돌날〉의 포스터들

김명화 단편 「돌날」(2001)은 연극 대본이다. 연극은 한정된 공간에서 펼쳐지는 무대 예술이다. 그런 연극이 드라마로 각색되어 옮겨질 때는 무대라는 작은 공간에서 공중파로 단순히 공간만 확산되는 것이 아니다. 드라마는 연극과 영화와는 다르게 공중도덕 개념이 개입된다. 대중적이어야 한다는 것이다. 그래서 연극 대본상의 과격한 언어들과 생활 관념은 드라마에서는 재고될 수밖에 없다. 극본 「돌날」의 격렬한 대사와 감정의 표현이 드라마 〈돌날〉(2014)에서는 답답하리만큼 순종적으로 표현된 것은 그런 까닭이다.

　요즘 돌잔치는 어느 이벤트 업체를 선택하느냐에 온 신경이 집중되는 것 같다. 돌날은 친지와 지인들이 모두 함께 모여 첫 생일을 축하해주는 자리이다. 엄마에게서 나와 험난한 이 세상에서 무탈하게 첫 생일을 맞이한다는 건 그만큼 소중하기 때문이다. 의미보다 형식에 더 치중하는 젊은 세대들을 보면서 이젠 개념에 대한 의미의 변화 과정을 수용하게 된다. 이 드라마의 시대적 배경은 요즘 아이들 세대도, 부모 세대도 아닌 할머니 할아버지 세대이기 때문이다.

　드라마 〈돌날〉의 풍경은 남자와 여자를 천칭자리 저울대에 올려놓는다. 정숙과 지호는 둘째 아이의 돌잔치를 치른다. 셋째를 임신했지만 키울 능력이 없어 낙태 수술을 한 뒤인지라 경주는 몸과 마음이 다 힘든 상황이다. 〈돌날〉은 돌잔칫날, 하루 동안의 일화이다. 드라마에선 단 하루를 통해 그들이 살아온 시대상과 인생과 제각각의 가치관을 보여준다.

외면상으론 대학 강사인 지호가 친구들이 모인 앞에서 대놓고 정숙을 구박하는 구태의연한 가부장적인 모습을 보인다. 그러나 들여다보면 잔치라는 설정 속에서 그 시대의 현실과 실체의 민낯을 낱낱이 드러내고 있다.

〈돌날〉은 우리가 흔히 말하는 386세대의 이야기를 담고 있다. 386세대란 1960년대에 태어나 1980년대에 대학에 다니면서 학생운동과 민주화 투쟁에 앞장섰던 학생운동 세대, 즉 나의 시대를 일컫는 말이다.

왜 386세대인가? 그들은 민주화의 이데올로기 시대에 불안정한 삶을 이끌었던 주인공들이다. 그러나 그들이 꿈꾸었던 눈부신 시절의 사상은 현실의 난관 속에서 속수무책 윤리적으로 모순되고 만다. 그들이 추구하고 이루어내고자 했던, 내 삶의 주인공이고자 했던 그들이 사회 한쪽으로 몰려 꿈을 잃은 채 살아가는 모습은 지루하다 못해 안쓰럽기까지 하다.

세상은 언제든 불공정하고 불평등하기 짝이 없다. 경제적인 강자가 권력 관계망에서도 강자인 현실에서 우정이란 존재는 희미해진다. 사랑조차도 행복이 아니라 궁상스러운 현실이다. 지호와 정숙, 미선과 경주, 성기와 강호 등 돌잔치에 모인 친구들은 단 하루 만에 그 시대의 성격을 한꺼번에 표출하고 있다. 성장기 청소년기처럼 혼란스럽고 불안했던 시기를 치러야 했던 내 정체성 역시 그들처럼 간혹 혼란스럽다.

"경주가 귀국했대"라며 정숙은 중얼거리듯 말한다. 사랑이란 무엇일까? 그렇다면 〈돌날〉이 꼭 386세대들의 시대적인 특성만을 말하고 있는 것이 아니란 걸 알 수 있다. 정숙과 경주와 지호의 삼각관계.

에로스는 극단의 대립 사이에서 탄생한다. 정숙에 대한 지호와 경주의 사랑은 서로 질투하면서 용납할 수 없다. 에로스는 풍요의 신 포러스와 결핍의 인간 페니아 사이에서 태어났다. 그래서 에로스는 한편으로는 인간적이면서 한편으로는 은유적이고 시적인 야누스와 같은 상반된 성격을 지닌다. 지호가 경주 손에 들린 칼에 제 몸을 찌른 것과 다르지 않다.

"너한테서 그 사람을 떼어놓기 위해서는 무슨 짓이든 할 것 같았어"라는 경주의 자조 섞인 후회와 "왜 너는 매번 정숙과 내 사이를 가로막고 들어오는 거야"하는 지호의 격분은 서로 어떤 에로스를 꿈꾸었던 것일까.

라깡은 플라톤의 『향연』을 들어 에로스를 욕망으로 정의한다. 그는 에로스를 사랑하는 자(에라스테스)와 사랑받는 자(에로메노스) 그리고 제3자(아갈마)의 욕망 관계로 본 것이다. 그렇다. 사랑은 2자 관계가 아니다. 제3자, 즉 '끼어드는 자'와의 사랑이다. 라깡은 "무의식은 언어처럼 구조 지어져 있다"고 했다. 그때의 무의식이 바로 욕망하는 에로스인 것이다.

르네 지라르도 "인간은 타자의 욕망을 모방한 '모방 욕망'을 갖는다"고 보았다. 그리고 주체와 타자, 욕망의 대상 영향 관계에 있는 사랑을 '욕망의 삼각형'이라고 명명했다. 정숙과 지호 그리고 경주, 이들에게 3자의 사랑은 곧 타자에 대한 서로의 욕망이라고 볼 수 있는 것이다.

정숙은 자신의 삶이 딱딱한 싸구려 구두를 신고 있는 것 같다고 말하면서 이혼을 말한다. 현실에 불만이었던 정숙은 제 속에 앙금처럼 가라앉아 있는 경주와의 사랑을 떠올렸던 것은 아닐까? 경주는 결국 자신이 어떻게 살든 간섭을 안 하는 곳을 찾아, 다르게 사는 것을 인정하지 못한 사회를 떠났었다. 정숙이 선택한 사랑과 경주가 선택한 삶은 서로의 에로스로 치닫는다.

정의의 여신 아스트라이아가 가지고 다니던 정의의 저울대 '천칭자리'는 인간의 운명을 결정한다. 혼란한 시대를 풍미하던 불안정한 삶과 사랑이 공존했던 인물들의 자화상. 정의의 검으로 여자와 남자의 삶을 징벌한다면 공평의 추는 어느 쪽으로 기울까? 남자, 여자가 서로 합쳐진 일체를 꿈꾸는 사랑이라는 삶은 어쩌면 냉혹한 오케스트라일지도 모른다.

   정숙이 실려 간 응급실에 지호와 친구들이 달려온다. 어느 쪽으로
도 기울 것 같지 않은 서글펐던 한 시절의 에피소드가 경적을 울리며
지나간다. 도시의 밤은 아무렇지 않았다.

2장.

別과 상상력,
그리고 카르페 디엠

1. 블루베일의 시간, 그리고 카르페 디엠

다큐멘터리 〈블루베일의 시간〉

사람이 태어나는 데는 10개월이라는 준비 기간이 있다. 그러나 죽음은 청천벽력처럼 느닷없이, 혹은 너무 빠르거나 너무도 느리게, 하물며 자신이 선택하는 형태까지 각양각색 천차만별이다. 죽음 앞에서 사회적 위계질서, 지위 고하 따위는 아무 소용이 없다.

'메멘토 모리(memento mori, 죽음을 기억하라)', 누구도 죽음을 피해갈 수 없으니 항상 죽음을 염두에 두고 살아야 한다는 말이다. 즉, 삶 안에 이미 들어와 있는 죽음을 의식하고 현재 주어진 생에서 진정한 삶의 가치를 찾으라는 것이다. 세상에서 위아래, 선후가 없는 가장 평등한 죽음, 종잡을 수 없고 예의조차 없는 죽음은 그저 죽음에게 맡겨놓기로 하자.

그렇다면 우리는 어떻게 이별할 것인가? 죽음을 선고받은 이들에게 이별은 두려움 그 자체일 것이다.

◆

강릉에 있는 갈바리의원은 '마리아의 작은 자매회'라는 수녀들이 세운 한국 최초이자 동양 최초의 호스피스 병원이다. 〈블루베일의 시간〉(2013)은 갈바리의원에서 100일 동안 죽음을 맞는 환자와 그를 보내는 가족들을 촬영한 TV 다큐멘터리다. 〈블루베일의 시간〉은 죽음의 현장에서 죽음을 정면으로 응시한다. 죽음은, 죽음을 맞이하는 당사자나 가족 모두가 힘든 시간일 수밖에 없다. 이때 이곳 수녀들은 '임종의 벗'이다.

그녀들은 환자와 가족들이 두려움 없이 이별을 맞이할 수 있도록 도와준다. 호스피스 병동에서 오랜 시간 동안 진정성 깃든, 헌신적인 수녀들의 봉사는 가히 숭고한 신앙이다. 서로 못다 한 사랑을 손 편지에 꾹꾹 눌러쓴 〈블루베일의 시간〉은 가장 사랑하는 사람의 죽음 앞에서 우리의 삶이 얼마나 가치가 있는지 또 가족들은 얼마나 소중하고 감사한 존재인지 깨닫게 한다.

죽음은 두렵고 무겁기만 할까? 어떤 죽음은 축제가 될 수도 있다.

시종일관 전인미답의 길을 걸었던 비디오 아티스트 백남준의 유쾌한 장례식은 신선한 충격이었다. 그는 평소 지루한 이벤트는 좋아하지 않았다. 그의 장례식장에서 마지막으로 펼친 퍼포먼스 '넥타이 자르기'는 그에 대한 사랑하는 남은 자들의 '경외'였다. 백남준은 수북이 쌓인 '잘려진 넥타이' 조각들로 덮인 채 세상을 떠났다.

남미에는 매년 10월 '죽은 자들의 날'이라는 축제가 있다. 죽은 자들이 이승으로 돌아와 사랑하는 사람들 곁에 머무른다는 고대 마야 전통에 따른 것이다. 죽은 영혼을 불러들이고자 무덤에 꽃과 선물을 장식하고 집 안에는 죽은 자들을 위한 특별한 제단을 꾸미며 사진과 선물을 올려놓는다. 죽음을 삶의 일부로 받아들이는 독특한 이 문화는 애니메이션 영화 〈코코(Coco)〉(2017)의 영감이 되기도 했다.

간암으로 투병하다 세상 떠난 이성규 다큐멘터리 영화감독은 죽음의 과정을 축제처럼 즐기려 했다고 한다. 죽음을 통보받은 남은 3개월 동안 그는 춘천의 한적한 호스피스 병동으로 홀연히 떠났다. 그는 병상에서 투병기를 쓰며 죽음이 다가오는 소리를 기록했다. 영화 〈시바, 인생을 던져〉(2013)는 독립예술영화 사랑에 남달랐던 그가 마지막으로 던진 자신의 인생이었다.

어떤 철학자는 "인간은 죽음으로 향하는 존재"라 했다. 공자는 제자인 자로子路가 죽음을 묻자 "삶에 대해서도 모르거늘 어찌 죽음에 관하여 알겠는가(未知生 焉知死)!"라고 한다. 우리 속담에는 "개똥밭에 굴러도 이승이 좋다"는 말이 있다. 모두 죽음보다 이승의 삶이 더 절실함을 강조한다. 즉, 죽음이 있기까지의 삶이 얼마나 소중한지를 일깨우는 말이다. 죽음은 언제든 우리를 끌어당길 것이다. 의료 종사자들조차 '죽음 교육'을 받는 걸 보면 죽음을 맞는 과정이 얼마나 큰 문제인지 짐작할 수 있다.

두려움 없이 죽음을 맞이할 수 있는 처방전이 있다면 혹, '카르페 디엠(carpe diem)'이 아닐까? '지금 살고 있는 현재 이 순간에 가장 충실 하라'는 말은 마지막 순간에 다가올 후회를 가장 최소화하는 최고의 약일 것이다. 삶은 호락호락하지 않아 패턴을 바꿀 수는 없지만 우리는 감히 자신을 수정할 수 있지 않은가.

삶의 충실한 연습은 삶의 근육을 더욱더 단단하게 할 것이다. 그리고 연습한 삶의 결과는 죽음에 이르러서야 비로소 나타날 것이다. 우리는 지금, 모두 자기 자신이 만들고 있는 조각품이다. 이제 죽음은 죽음에게 맡겨두자.

그리고 '카르페 디엠!'

2. 내가 살았던 집과 그림 이론

드라마 〈내가 살았던 집〉 스틸 사진

가을 찬비가 세상의 물든 것들을 털어내고 있다. 엊그제 그리고 오늘, 벌써 두 번째다. 비바람이 한바탕 가지를 흔들어대고 나면 바람은 젖은 것들을 말려 또 한바탕 휩쓸어 간다. 아등바등 창을 흔드는 명제 하나, 한 해를 수습하고 있다.

삶은 살아지는 것일까? 살아내야 하는 것일까? 세상은 북적거리고 소란스러운데 매 순간 휩쓸리면서도 삶은 결국 혼자다. 자신을 꼭꼭 닫아걸거나 활짝 열어젖히거나 삶의 중력은 공평하다. 그래서 우리는 개똥벌레처럼 스스로를 궁굴리면서 자기 삶의 무게를 견디며 살아간다. 삶의 공식은 암기하고 터득하면서도 매번 당황스럽다.

◆

소설가 은희경이 2000년에 출간한 단편 소설 『내가 살았던 집』(개미刊)은 제26회 한국소설문학상을 수상했다. 은희경의 작품들은 인간의 본성을 날카롭지만 유머러스하게 그리고 있다. 평론가들은 유머를 통한 그녀만의 섬세한 심리 묘사를 다른 작가들과의 차별점으로 평하고 있다.

나는 원작을 각색한 TV문학관 〈내가 살았던 집〉(2005)을 보았다. 이윤기의 연출로 방송된 드라마는 커리우먼이자 미혼모인 한 여자의 사랑과 삶을 보여준다. 가정이라는 테두리에 아버지와 남편이란 존재는 완벽한 가족 구성원에서 제외되어 있다. 가정이 있는 애인이 있지만, 그녀의 사랑은 의존하지 않는다. 그녀의 무관심이자 침묵은 매사 주변과의 관계 맺기에서 멀어지려는 그녀만의 도피 방식이다.

여자가 여행 가방을 체크하고 샤워를 막 끝냈을 때 전화벨 소리가 울린다. 그녀는 망설이다 전화를 외면한다. 다음 날, 비행기 시간에 맞춰 출발하려는 여자를 딸이 불러 세운다. 막 생리를 시작하며 당황하는 딸에게 그녀는 생리대를 건네고 택시에 오른다. 그러나 도로는 자동차 사고로 인해 교통 체증이 심각하고 택시는 멈추다 가다를 반복한다. 사고 자동차는 형체를 알아볼 수 없을 만큼 찌그러져 있다.

출장을 다녀온 그녀는 자신의 목에 있어야 할 목걸이의 분실을 알아챘다. 햄스터는 새끼들을 잡아먹었고 딸은 가게 주인에게 화풀이를 한다. 여자는 친구에게서 남자의 죽음을 전해 듣는다. 출장 가기 전날의 전화는 남자의 전화였고 그날 아침 사고는 바로 남자의 죽음이었다.

서로 닿아 있는 부분부터 썩기 시작하는 사과의 이치는 우리가 가장 가까운 사람에게서 상처받는 거와 같다. 사과나 사람이나 욕망과 집착이 가까울수록 먼저 썩는다. 그 거리에 〈내가 살았던 집〉이 있었다. 이미 썩기 시작해버린 사과는 잃어버린 제 모습을 찾기 어렵다. 그녀는 정작 사랑하는 남자와 늘 이별을 준비했었다. 그녀의 삶 또한 차갑게 살기로 작정한 그녀를 닮아 파충류 체온이었다. 이미 어떤 모습이 제 모습이었는지조차 알 수 없다.

소설과 드라마는 애인이 사고로 죽은 '교통사고 사망지역'이라는 위험 표지판에 기대어 눈물 흘리는 그녀의 클로즈업으로 끝난다. 그녀는 그의 교통사고 현장이 그와 꿈속에서나 살아보았던 커다란 문패가 있는 다정한 집 같다고 생각한다. 표정도 색깔도 없이 흘러내리는 그녀의 눈물은 무엇이었을까? 비로소 불륜에서 벗어난 온전한 사랑의 구성이 아닐까? 그렇다면 그녀는 지금부터 상중喪中이다.

일생 어떤 학파에도 든 적도 없고 당대의 유행 사조를 경멸했다는 비트겐슈타인. 그의 '그림 이론'에 〈내가 살았던 집〉을 대입해본다. 비트겐슈타인은 '그림 이론'에서 "명제들은 사고의 지각 가능한 표현이며 사고는 사실의 논리적 그림이다"라고 말한다. 그렇다면 그녀는 하나의 명제이다. 명제는 숨을 조여오는 삶 앞에 덮인 책처럼 침묵으로 대응한다. 어떤 결과로 이어지든 그것은 그녀가 자신을 논리적 사실로 표현한 그림일 수밖에 없다.

비트겐슈타인은 '그림 이론'에서 언어는 정확하게 세계와 대응하는 하나의 그림이라고 했다. 곧 세계는 하나의 그림이며, 그림과 언어의 구조는 정확하게 일치한다고 본 것이다. 현실 세계는 하나의 사태로 이루어진 그림이 아니라 무수히 많은 사태들로 이루어진 그림이라는 것이다. 그는 인간이 논리적으로 접근할 수 있는 것의 한계를 분명하게 밝히고자 하였다.

'교통사고 사망지역'이라는 위험 표지판에 기대어 눈물을 흘리는 그녀의 그림은 이미 '아프다'라는 자신의 발화 활동이다. 그리고 이 소리 없는 비명은 누군가에게 자신의 아픔을 드러내는 행위이다. 마지막 장면에서 처음으로 눈물을 보이는 그녀의 감정은 고스란히 시청자의 몫이 된다.

은희경 작가는 누구에게나 휘몰아칠 수 있는 짙푸른 삶의 소용돌이를 시종일관 투명하게 드러낸다. 반면 드라마는 자신의 캐릭터가 뚜렷한 배종옥의 연기를 투입해 높이를 잴 수 없는 파고의 삶을 그저 담담한 무채색으로 일관하고 있다. 명제로 명명한 여자의 이미지화다. 이미지화는 드라마에서 더욱 두드러진다. 원작을 각색한 드라마는 단편의 명성을 전혀 누락시키지 않을 만큼 몰두하게 했다. 묵직한 영화 한 편을 보는 듯 말이다.

예정된 이별이든 느닷없는 이별이든 이별은 서로 다른 곳으로 달아나는 빗방울과 낙엽 같다. 고통과 슬픔, 불운과 불행, 그리고 상실, 외로움 등 아픈 기억들은 보도블록 사이를 뚫고 올라오는 민들레처럼 일상을 비집고 파고든다. 이별을 또 다른 그림 그리기의 시작이라고 하자. 무거운 돌처럼 자처하던 그녀의 침묵이 말없이 흘러내리는 눈물에 씻긴다. 그녀의 침묵에 대한 상상은 절망이라기보다 차라리 희망적이다.

나는 나의 일상에 "말할 수 없는 것에 대해서는 침묵해야 한다(Wovon man nicht sprechen kann, darüber muß man schweigen)."라는 비트겐슈타인의 말을 표기하고자 한다. 삶이란 그 어떤 것으로도 정의될 수 없고, 어떤 삶이건 우리의 삶은 논리적으로 해석되지 않는 무한한 세계이기 때문이다.

비가 그쳤는데도 바람은 창밖 나무 끝에 매달려 있다. 언젠가 살았을지도 모르는 집과 위태롭게 이별하는 저 그림들. 저들이 이별하는 동안 경비 아저씨와 바람의 애꿎은 실랑이는 계속될 것이다.

3. 유년의 뜰과 각색 혹은 창작

드라마 〈유년의 뜰〉 스틸 사진

구순도 훌쩍 넘긴 엄마는 어린 한 시절의 그때로 자주 되돌아간다. 그곳에는 작은 마을이, 할머니가, 고모들이, 어린 언니 오빠들의 시간들이 있다. 엄마는 논 끝부터 어둑해져오는 자신의 유년 시절을 더듬거린다. 나는 그곳이 칠 남매가 북적거리던 나의 유년임을 알고 있다. 엄마는 나의 쭈글쭈글한 시간 속으로 자꾸 움츠러든다.

◆

오정희 단편 소설 「유년의 뜰」(1980)은 "내가 기억하는 한의 그 시간은 늘 그랬다"로 시작된다. 전후戰後의 황폐한 삶을 배경으로 한 소설 「유년의 뜰」과 드라마 〈유년의 뜰〉(1991)은 어린 소녀인 '나'의 관점으로 펼쳐진다. 소설과 그리고 소설을 각색한 드라마는 식감부터 서로 달랐다. 그렇다면 각색은 원작의 어디에서부터 어떻게 접근하는 것일까? 소설의 계절은 봄에서 여름으로 흘러가고 드라마의 계절은 겨울에서 보이지 않는 봄으로 흘러간다. 시작 부분부터 소설과 드라마는 전혀 다른 접근을 보여주는 것이다.

서사시나 소설 등의 문학 작품을 희곡이나 시나리오로 고쳐 쓰는 것을 각색이라고 한다. 각색은 흥미나 강한 인상을 주기 위하여 실제로 없었던 것을 보태어 사실인 것처럼 꾸미는 것이다. 어떤 원작을 그대로 드라마나 영화로 옮기는 과정에는 무리가 따른다. 이때 원작의 주요 소재와 주제들을 각색자와 연출자의 성격에 따라 독특하게 살려내는 것이 각색의 이점이다. 이를 바탕으로 재구성된 작품은 새로운 재창조, 재탄생이 가능해진다. 나는 오정희 소설가의 원작「유년의 뜰」과 원작을 각색한 TV문학관 〈유년의 뜰〉을 각각 감상하고 그것을 분석, 비교하여 보았다.

원작 스토리의 시작은 고무줄처럼 곧 끊어질 듯한, 어머니와 오빠의 팽팽한 긴장으로 펼쳐진다. 소설의 상상력은 시공간을 훌쩍 넘나든다. 소설의 묘사와 사건은 슬픈 시간을 아름답게 또는 공평하게 분배하고 있다. 다음 페이지에서는 무슨 일이 어떻게 일어날까, 어떻게 흘러갈 것인가 곧 궁금함을 재촉한다. 소설의 묘사는 가슴 한쪽이 베이듯 아리고 아름답다. 세상을 바라보는 소설의 태도 또한 혼란스럽고 어지러운 세상에서 한 발 뒤로 물러나 오히려 담담하다.

그러나 드라마는 친절하고 전달력이 강하다. 각색된 드라마는 어린 '나'의 시선을 한쪽으로 몰고 간다. 자극적이거나 왜곡되어 도리어 어긋난다. 드라마 〈유년의 뜰〉에서는 원작의 아름다운 서사와 자연의 배경과 그 묘사들이 뭉텅뭉텅 잘려 나가 있다. 배경도 겨울로만 한정된다. 드라마에서는 주인공이 아이임에도 성숙하고 심오한 어른 여자의 내레이션 목소리가 나와 당황스럽다.

　두 '유년의 뜰'에 나오는 가족의 구성과 성격 또한 제각각으로 독특하다. 전쟁으로 인한 한과 방황, 그리고 절망은 소녀와 어머니, 할머니를 꿰고 흐른다. 소설과 드라마에서 각각 '노랑눈이'와 '짜구'로 불리는 '나'의 눈에 비친 그 시절 또한 이름만큼 차이가 난다. 드라마는 한쪽으로 치우친 서사를 따라간다. 치우친 세상에서 마주치는 삶의 윤리와 도덕은 기울어진 채 내달린다.

　드라마와 원작의 '나'는 설정에서부터 영향을 받는 쪽의 판 위로 걸어가야 한다. 그렇다면 드라마 〈유년의 뜰〉은 원작의 문학성을 미처 따라잡지 못하고 있는 것일까? 나는 각색자의 또 다른 의도를 놓치고 있지는 않았을까?

　스토리의 가장 중요한 매개체는 원작이나 드라마에서나 같은 부피와 무게를 지닌다. 두 곳의 큰오빠는 여전히 하나의 무서운 존재다. 어머니와 큰오빠는 서로 말이 없다. 어머니는 외면하고 오빠는 번뜩인다. 오빠는 어머니에게 이중적인 잣대를 들이대고 있다. 오빠는 아버지를 경각시키지만 그에 반해 엄마는 아버지 역할까지 책임지고 있는 게 현실이다. 오빠는 어머니를 붙잡아둘 능력이 없다. 소극적인 반항밖에 할 수 없는 큰오빠는 주변의 약자들을 억압하는 폭군으로 성장한다. 어머니가 늦거나 들어오지 않는 밤이면 언니를 때린다. 어긋난 욕망은 슬픔, 분노 따위가 엉뚱한 잔인성이나 폭력의 형태로 자라는 것을 수락한다.

소설을 영화나 드라마로 각색하는 경우, 각색은 원작보다 더 훌륭할 수도 있고 혹은 원작보다 훨씬 더 실망스럽기도 할 것이다. 좋은 영화와 TV 드라마를 위해 각색은 훌륭한 원작을 선택하고 해체하고 재창조하는 작업 과정을 거친다. 그렇다면 각색의 관건은 원작의 독특한 소새와 주제를 영상으로 어떻게 잘 살리느냐이다. 각색이 재창조이자 순수 창작 활동이라 할 수 있는 이유가 여기에 있겠다.

왜 엄마의 유년 시절은 엄마 자신에게 소급되지 않고 자식들의 유년에 머물러 있을까? 내가 기억하는 한의 그 시간 이전보다 훨씬 더 멀리까지 소급한 엄마의 유년을 상상해본다. 만약 엄마의 유년을 각색해 TV 드라마처럼 선물할 수 있다면 얼마나 좋을까. 많은 기억들을 놓쳐버린 엄마가 느닷없이 온전한 듯 자식들에게 잔소리를 할 때가 있다. 이젠 오히려 그럴 때가 낯설다. 엄마는 점점 어떻게도 각색할 수 없는 시간 속에 숨어들어 더 자주 자신을 닫아걸 것이다.

4. 나쁜 소설, 누군가 누군가에게
소리 내어 읽어주는 이야기

드라마 〈나쁜 소설〉 스틸 사진

단편 소설 「나쁜 소설」은 젊은 소설가다운 독특한 형식으로 펼쳐진다. "자, 이제 시작합니다. 두 눈을 감고, 마음을 편안하게 가지고요. 예, 좋습니다"라며 최면을 걸듯 독자를 성큼 끌어들인다. 이 소설은 김희연 극본의 TV문학관 드라마로도 방영되었다. 자, 마음을 편하게 하고 소설의 주인공처럼 전혀 다른 새로운 당신을 찾아 모험을 떠나보자.

◆

"누군가 누군가에게 소리 내어 읽어주는 이야기"라는 부제를 달고 있는 이기호의 단편 소설 「나쁜 소설」은 작가가 "이번엔 작정하고 내 이야기들을 좀 써보았다"는 소설집 『갈팡질팡하다가 내 이럴 줄 알았다』(문학동네, 2006)에 실려 있다.

공공도서관 정기 간행물실 커다란 탁자 귀퉁이에 앉아 있는 주인공은 남자다. 그는 서울시 9급 행정직을 준비하고 있다. 그러나 문예지에 실린 소설을 읽고 있는 그를 보면 소설가 지망생이 확실하다. 주인공은 수험표를 구겨 던져버리고 도서관에서 복사한 단편 소설 한 편을 들고 여행을 떠난다. 윤대녕 소설(「은어낚시통신」) 속 여자 주인공이 이별의 말로 건넨 "상처에 중독된 사람"이 되어 은어 떼처럼 회귀한다.

그는 누군가에게 자신의 소설을 읽어주려 한다. 아니, 한 사람을 앞에 두어야 한다. 평일 오후 나른한 시내버스를 타고 옛 애인이 근무하는 회사를 찾아간다. 그러나 그녀를 만날 수가 없다. 이 세상 어디에도 자신의 소설 한 편 읽어줄 사람이 단 한 명도 존재하지 않는다는 걸 알고 결국 혼자 여관방으로 돌아온다.

소설가는 자신의 작품을 읽어주기 위해 여관방으로 매춘부를 호출한다. 드디어 누군가에게 소설을 읽어줄 기회다. 주인공이 '오디오용'이라며 콜걸에게 소설을 읽어주는 욕망은 서글프다 못해 간절하다. 아니, 쓸쓸하다.

"아, 아니…… 내 말은…… 그냥 내가 읽어주는 소설을…… 들어 달라는 건데……."

그는 감격스러워 더듬거리며 소설을 읽어준다. 진짜 나쁜 소설을 읽어준다.

단편 소설 「나쁜 소설」을 각색한 TV문학관 〈나쁜 소설〉(2006)은 왜곡된 한국 현대사의 삶을 살아갈 수밖에 없었던 고립된 소년의 사랑과 현실의 어려움을 그리고 있다. 드라마는 박정희 대통령의 죽음, 그리고 이웅평 소령이 비행기를 몰고 넘어왔을 때 파놓았다는 방공호, 산업 전선에서 혁혁한 공을 세워 '모범 시민 대통령 표창장' 예정자 신분이었던 아버지, 곧 5공화국 시대가 배경이다.

주인공 재선은 공무원 시험을 준비하다 12년 전 방공호에 갇혔을 때 썼던 소설을 발견한다. 방공호 속에서 쓴 소설은 첫사랑인 영자 이야기가 대부분이다. 드라마는 재선이 첫사랑 영자에게 소설을 읽어주기 위해 자신의 고향으로 가서 영자를 만나는 과정을 보여준다. 방공호에서 성장을 멈춰버린 소년의 슬픈 드라마는 진정한 의사소통에 대한 본질적인 물음을 던지고 있다. 그리고 그 끝에 펭귄이 있다.

왜 우리는 누군가에게 소리 내어 이야기하고 싶을까? 그것은 욕망이다. 스피노자는 욕망에 대해 "내가 원하는 것을 할 수 있는 힘, 내가 무언가 할 수 있는 능력, 곧 내 피상적인 껍질 속의 진정한 나의 역량"이라고 한다. 그렇다면 욕망과 역량은 서로 마주 보는 두 얼굴이다. 내가 타자와 하나로 합치되는 듯한 느낌과 전이, 그 감정의 출렁거림이다.

그렇다면 욕망이라는 껍질 속에 들어 있는 나를 어떻게 끄집어내야 할까? 과거를 돌아보면 그곳에는 슬픈 자화상이 있다. 후회는 쇠사슬처럼 자신을 과거에 잡아둔다. 쇠사슬은 죄책감이자 미련이다. 그것들은 무덤에서 파낸 기억에게 매번 수의를 입힌다. 그러나 지나간 순간들마다 우리는 어쩔 수 없었고 그때의 행동은 우리 역량의 전부, 최선의 결정이었다. 문제는 성향이 아니라 그저 상황이 있었을 뿐이었다.

욕망 없는 우리 신체는 단지 무의미한 기계일 뿐이다. 우린 기계가 아니다. 젖먹이가 젖을 찾는 욕구 같은 영혼의 깊은 무의식적 욕망, 모든 욕망은 무엇의 원인이고 행동은 그에 나타난 모든 결과라고 스피노자는 우리를 깨우친다.

자존감을 갖는 데 스스로의 훈련이 요구되는 것처럼 망각도 훈련이 필요하다. 모든 원인이 내게서 비롯됨을 안다면 슬픔 속으로 자신을 던져버리는 무책임한 후회를 만들지 않아야 할 것이다. 지난 일은 살아 있는 물고기처럼 빨리 놓아주어야 한다. 그때 우리는 스스로의 정신을 가다듬으며 자신을 자정시킨다. 우리에겐 고독에 대한 강한 욕구가 있다. 그런 본능 또한 정신 있음의 증명이다. 우리가 가끔 혼자만의 동굴 속으로 찾아 들어가는 이유다.

스피노자의 '코나투스(Conatus)', 곧 '자기 보존의 욕망'은 살고자 하는 삶에 대한 욕망이다. 그리고 그것은 스스로 내 삶의 주인, 내 감정의 주인이 되는 것이다. 본능에 가까운 이런 원초적인 욕망은 이타심에 가까워진다. 그리고 이런 이타심은 우리의 삶을 위한 또 하나의 덕목이 된다.

> "다섯, 넷, 셋, 둘, 하나, 이제 깨어나세요. 당신은 역시 그
> 곳에 앉아 있었던 거군요. 당신 주위엔 소설을 읽어줄 만한
> 그런 사람이 단 한 명도 없었던 거군요. 불쌍한 사람."

내가 주인공인 삶을 하나하나 선택해가다 보면 마지막 그곳엔 무엇이 있을까? 펭귄이 손을 내밀고 있을까? 망각이 또 다른 시작이라면 우리는 그 끝에서 펭귄을 만나야 한다.

5. 이템바, 그 희망의 경사도

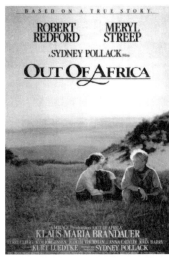

영화 〈아웃 오브 아프리카〉 포스터와 다큐멘터리 〈이템바: 희망〉 포스터

아프리카! 하면 영화 〈아웃 오브 아프리카(Out Of Africa)〉(1985)가 생각난다. 광활하고 아름다운 초원, 그리고 동물들, 무엇보다 메릴 스트립과 로버트 레드포드의 로맨스에 흠뻑 빠졌던 영화다. 지금도 OST를 들으면 강물을 붉게 물들이던 홍학 떼, 그리고 죽을힘을 다해 달리는 초원의 동물들이 눈에 선하다. 그토록 아름다운 영화의 배경이 1937년 식민지 개척 시대임에도, 당연한 것처럼 현지인들의 삶은 눈에 들어오지 않았었다.

◆

조지 6세 장애인 재활학교. 휠체어에 앉거나 남의 손을 빌린 아이들의 하루 시작도 여느 아이들처럼 부산하다. 〈이템바: 희망(iThemba)〉은 2011년 EBS 국제 다큐멘터리 영화제에 출품된 엘리너 버켓(Elinor Burkett) 감독의 다큐멘터리이다.

"커피 한 잔도 없이 어떻게 요르단강을 건널까?"

"이리 와."

"지금 가요."

"당신을 위해 준비한 걸 보여주러 가요."

꼭두새벽부터 일어나 도움을 받으며 아침을 준비한다. 황망한 사막 사이로 특유의 구슬픈 음색과 리듬을 지닌 노래가 울려 퍼진다. 아이들은 흥얼흥얼 콧노래를 부른다. 전화로 여자 친구와 사랑놀이를 한다. 여느 아이들과 다름없이 노래를 부르는 아이들의 표정 또한 밝다. 그냥 슬픈 노래가 있을 뿐이다.

"리야나!"

"들려요."

"어디 있니?"

"여기 있어요."

프루던스(Prudence Mabhena)의 슬픈 음색과 고독한 울부짖음이 혹은 기린처럼 혹은 사자처럼 초원으로 흩어진다.

짐바브웨는 아프리카 최빈국 중의 하나다. 이곳에 '리야나(Li-yana)'라는 장애인 밴드 뮤지션이 있다. '리야나'는 그냥 장애인이 아니라 타인의 손길이 필요한 중증 장애인들로 구성된 특별한 밴드이다. 그들의 아름다운 천상의 노래는 장애를 알아채기도 전에 먼저 시야를 마비시킨다. 그들은 불편함에도 불구하고 밝고 장난스럽고 따뜻하다.

짐바브웨는 한때 아프리카의 곡창 지대로 불리었다. 그러나 무능한 정부와 계속되는 심한 가뭄으로 인해 인플레이에 시달리는 빈곤 국가로 추락했다. 은행엔 현금이 없고 마트 진열대는 텅텅 비어 온전한 사람도 살기 힘든 나라다. 짐바브웨 사람들은 현실의 암담함과 연속되는 무의미함 속에서도 궁극의 행복을 찾기 위해 공연장에서, 길거리에서, 공장에서 맘껏 노래하며 춤을 춘다. 그런 환경에서 밴드 '리야나'는 탄생했다. 아름다운 비너스처럼.

우리 사회도 아직 장애인 편견에 대해 완전한 시선이라고는 할 수 없지만 아프리카 대부분의 원주민들은 장애에 대한 편견과 오해가 무척 심하다. 지적 수준이 많이 떨어지는 원주민들은 장애를 저주받은 전염병으로 치부한다. 그래서 장애인들은 가족들에게조차 버림당하기 일쑤고 주민들에게 폭행을 당한다거나 심지어는 맞아 죽는 경우도 있다. 원주민들은 토속 신앙이 깊어 주술사의 미개한 치료법을 믿고 따르는데 그 피해는 고스란히 장애아들의 몫이다.

프루던스는 스스로 움직일 수 없는 중증 장애를 가지고 태어났다. 그녀는 태어난 지 닷새 만에 친할머니로부터 '굶겨 죽이라는, 쓸모없는 사람'이라는 취급을 받으며 엄마와 함께 쫓겨났다. 엄마가 먼 타지에서 일하면서 부치는 생활비로 외할머니와 행복하게 살았지만, 아버지와 살면서는 계모에게 개미 취급을 당하며 학대받는다. 그러나 그녀는 엄마의 재능을 물려받았고 엄마가 그리울 때마다 아름다운 목소리로 노래를 부른다. 프루던스는 그룹 '리야나'의 보컬리스트가 되었고 졸업 후 초등학교에서 음악을 지도하고 있다.

흑인 특유의 음악적 재능과 순수하게 그들끼리의 연습으로 이룬 8인조 밴드 '리야나'는 음악이 삶의 전부다. 그들은 차별 없는 세상을 바라며 지금도 혼란스럽고 절망적인 나라의 현실에서 유머와 투지로 꿈과 희망을 부른다. 다른 사람의 도움 없이는 움직일 수 없지만 호소력 짙은 음색을 가진 프루던스의 꿈은 미국으로 가서 노래하는 것이다. 밴드 '리야나'에겐 짐바브웨는 지옥이고 미국은 천국이다.

'다큐멘터리'는 허구가 아닌 현실을 직접적으로 다루면서 현실의 허구적인 해석 대신 현실 그대로를 전달하는 영상물이다. 감독의 관심 분야는 실제 사람과 공간뿐만 아니라 사건과 행동 모두를 아우른다. 또 현실의 한 측면에 대해서 관객을 특정한 시각으로 설득시키기도 한다. 그렇기에 다큐멘터리 감독의 평가는 기록한 현실을 어떻게 통제했는가의 관점에 있다.

다큐멘터리는 상업 영화가 아니어서 자금 조달의 어려움이 크다. 그래서 공공 기관이나 기금의 후원 기금 등으로 제작비를 조달하기에 다큐멘터리는 보다 현실을 밀접하게 다뤄야 한다. 관객들이 주위 세계에 관심을 가지도록 접근하고 대중의 감성적인 참여를 유도해야 한다. 그러다 보면 어떤 다큐멘터리는 기본적으로 대중 계몽을 제작 목적으로 깔고 가기도 한다.

대표적으로 바바라 코플(Babara Kopple) 감독의 〈할란 카운티 USA(Harlan County U.S.A.)〉(1976)는 광부들의 파업을 신문 기사처럼 기록해 인간 존엄에 대한 감동과 묘사를 생생하게 그려내었다. 다큐멘터리는 영화, 드라마와는 달리 우리 삶의 현실을 생생하게 투영한다.

그렇다면 다큐멘터리 〈이템바〉의 희망 경사도는 몇 도일까? 과연 그들은 그 어려움을 이겨내고서 꿈을 이루어낼 수 있을까? 밴드 멤버인 마블러스(Marvelous Mbulo)는 말한다.

"장애를 향한 동정은 우리에게 전혀 도움이 되지 못한다. 우리는 우리의 가치를 인정받고 인간으로서의 존중받으며 살고 싶다. 비장애인이 살아가기에도 힘든 조국에서 우리가 노래하며 얼마나 오랫동안 살아남을지 모르지만 그날까지 노래하겠다."

절망적인 짐바브웨 현실에서 그들의 미국 동경은 높아만 간다. 그룹 '리야나'의 하모니는 희망을 찾아 어디까지 훨훨 날아갈 수 있을까?

6. 스시 장인의 꿈, 자기 일 얼마나 사랑하나요?

다큐멘터리 〈스시 장인: 지로의 꿈〉 포스터

하루 24시간, 사람에겐 동일한 시간이 주어진다. 그런데 어떤 사람은 길고 지루하다 하고 어떤 사람은 48시간이라도 부족하다 한다. 같은 시간 안에서 어떤 사람은 즐거워하면서 열정적으로 더 의욕적으로 일해 성취감을 높이는가 하면, 어떤 이는 지옥이라며 절망한다. 그러기에 일만을 위한 일이라면 생지옥이 따로 없을 테고 좋아하는 일을 스스로 선택했다면 어떤 고난도 감수할 것이다.

◆

최근 경향신문에서 「부모 부양형 캥거루족」이란 제목의 박은경 특파원이 쓴 칼럼을 읽었다. 소위 '소명성蘇明成식 캥거루족'이라고 한다. 중국에서 가장 큰 인기와 화제를 끌고 있는 드라마 〈도정호都挺好〉가 유행시킨 신조어라고 했다. 드라마에는 어머니가 돌아가시고 홀로 남은 아버지를 부양하는 세 자녀가 등장한다. 모범생인 형과 여동생, 그리고 부자인 아버지에게 빌붙어 사는 주인공 소명성蘇明成이다. 소명성은 형과 여동생에게 부양 자금을 받으면서도 집안 돈을 다 갖다 쓴다. 명분은 확실하다. 아버지를 모신다는 것이다. 형제들의 책망에 "아버지의 온갖 시중은 내가 다 드는데 내가 왜 캥거루족이냐"고 오히려 반문한다.

부모들은 자식들에게 힘들지 않은 좋은 삶을 물려주려 애쓴다. 자식들 또한 능력 있는 부모를 좋아한다. 힘들여 번 재산을 물려주거나, 가게를 덥석 내주거나, 하던 사업을 물려준다면 자식들에게는 복권일 것이다. 기술도, 돈도, 타고난 유전 인자도, 아무것도 물려줄 수 없고 물려받지 못한 사람은 불행할까? 기반 없이 일어선다는 게 얼마나 힘든지 겪어본 부모들의 마음은 한결같을 것이다. 요즘 시대에는 개천에서 용 날 일이 없다 하지 않은가. 지금의 현실을 보면 부가 부를, 가난이 가난을, 대를 이어 나가는 것 같다. 금수저 은수저가 아닌 평범한 젊은이들의 꿈마저 그저 평범할 수밖에 없다면 슬픈 일이다.

칸트는 평생 독신으로 살았고 고향 밖을 나가본 적이 없다고 했다. 고향 쾨니히스베르크(지금의 러시아 칼리닌그라드)에서 150킬로미터 이상을 벗어난 적이 없었다는 것이다. 그는 어려서부터 허약 체질이었다고 한다. 그러나 그는 규칙적인 생활로 건강을 지키고 저술 활동도 별 어려움 없이 할 수 있었다. 하루도 어김없이 정해진 시각에 산책을 나섰던 칸트로 인해 쾨니히스베르크 시민들이 시계를 맞췄다는 얘기는 칸트의 규칙적이고 반복적인 삶을 보여주는 대표적인 예다. 단 한 번, 장 자크 루소의 『에밀』을 읽느라 산책 시간을 어겼다는 유명한 전설이 남아 있다.

초밥 가게 '스키야바시 지로'를 운영하는 85세 오노 지로. 다큐멘터리 〈스시 장인: 지로의 꿈(Jiro Dreams Of Sushi)〉은 2011년 개봉한 미국데이빗 겔브(David Gelb) 감독의 다큐멘터리 영화이다. 주인공 지로를 보면 칸트처럼 자신의 생활 쳇바퀴를 벗어나본 적이 없다. 그의 삶은 같은 시간에 일어나고, 같은 시간의 열차를 타고, 매일 들리는 시장까지 똑같이 반복된다. 완벽한 스시를 꿈꾸며 잠에 들고 잠에서 깨는 시간 또한 변함이 없다. 다큐멘터리 〈스시 장인: 지로의 꿈〉은 자수성가한 요리사의 혜안과 철학적인 삶을 보여준다.

70여 년을 단 하루도 빠짐없이 규칙적이고 반복적인 생활을 하면서 일생을 저렇게 행복해할 수 있는 그는 확실히 특별하다. 그저 반복만이 아닌 어떻게 하면 맛있는 스시를 만들 것인가 끊임없이 연구하고 실천하는 지로는 말 그대로 스시의 장인이다. 그의 두 아들도 스시를 만든다. 대대로 이어지는 장인 정신은 곧 일본 문화이다.

그렇다면 두 아들의 삶은 복권에 당첨된 삶일까? 장남은 아버지 대를 물려받아야 해서 대학도 포기하고, 광적인 라이더로서 미치도록 좋아하는 스피드를 가슴에 묻어둔 채 스시를 만든다. 물론 스시 만드는 일이 죽기보다 싫었다면 하지 못했을 일이겠지만 말이다. 순종인지 적성에 맞아서인지 지로의 두 아들은 아버지를 따른다.

삶의 질은 각자의 주관적 만족도에 달려 있겠지만 평생 좋아하는 일을 찾는다는 건 크나큰 행운이다.

스시의 장인 지로는 요리의 철학자이다. 그는 늘 "맛은 어떻게 정의할 수 있을까?" 묻고 고민한다. 이 한마디에 그가 추구하는 모든 삶의 철학이 담겨 있다고 해도 과언이 아닐 것이다. 그리고 그는 직원이나 아들들에게 강조한다.

> "한번 결정하면 그 일과 사랑에 빠져야 한다. 절대 불평해서는 안 된다. 그리고 최고의 맛을 내기 위해 최고의 기술을 연마하길 반복하고 또 반복해야 한다."

어떻게도 정의할 수 없는 맛을 찾아가는 지로의 여정. 그는 꿈에서조차 스시의 환영을 보고 일어나 그대로 스시를 만들고 또 만든다. 그래서 사람들은 지로의 스시를 먹을 때마다 그의 철학을 먹는다고 하는 것일 거다.

80세가 넘어서도 매일 똑같은 일상을 반복하고 있는 지로의 표정은 평화롭다. 입가에는 단호하지만 아름다운 미소가 고정되어 있다. 지로를 보면 장인이라는 타이틀보다 과연 우리가 어떻게 살아가야 하는지를 잘 보여주고 있다. 그가 보여준 철학적인 삶은 어떤 일에서건 어떤 상황에서건 어떤 시대에서건 통용되는 교과서적인 성공의 비결, 명예롭게 사는 비결이 아닐 수 없다.

지로의 스시 가게는 아담하다. 그러나 한 끼의 식사를 위해서 손님은 한 달 전에 예약해야 한다. 식사 한 끼에 30만 원이라는 비싼 가격을 지불해야 하지만 지로는 자신이 연마한 시간과 노력의 값이라고 생각한다. 그리고 손님들 또한 아깝지 않은 가격이라 여기고 스시를 맛있게 기쁘게 먹는다. 단체 손님을 맞이할 때도 그는 손님의 성향을 파악해서 손님에게 맞는 크기의 스시를 제공한다. 그래서 그 누구도 스시를 기다린다거나 스시가 접시에 오랫동안 남는 법이 없다. 손님 모두 같이 식사를 시작하고 같은 시간에 마칠 수 있도록 배려한다. 미소 속에서 번득이는 그의 예리한 눈빛을 손님 누구도 알아채지 못한다.

다큐멘터리에서는 지로의 일상과 스시를 만드는 손길을 따라 아름다운 오케스트라 선율이 가득 흐른다. 완벽한 스시 한 점을 만들어내기 위해 끊임없이 노력하는 지로의 시간과 땀방울 같다. 세계 최고 권위의 여행 정보 안내서 『미슐랭 가이드(Michelin Guide)』는 지로의 스시에 최고 등급인 '품질, 독창성, 일관성'의 별 3개를 부여했다. 거장은 영혼과 열정을 담은 피나는 노력에서 탄생한다고 했던가?

일본의 초밥 요리사 오노 지로는 1925년 일본 시즈오카 현에서 출생하여 7살 때부터 식당에서 더부살이하며 요리를 배웠다. 이후 도쿄에서 요리 수업을 받고, 1951년 초밥 장인이 되었다. 이후 그는 1965년 홀로 독립하여 도쿄 긴자에 '스키야바시 지로'라는 초밥 식당을 내고 현재까지 운영하고 있다.

다큐멘터리 〈스시 장인: 지로의 꿈〉의 주인공 지로는 어떤 동요도 없이 말한다.

"나에겐 나의 일이 가장 쉬워요."

우리는 자신의 일을 얼마나 사랑하고 있을까? 좋아하고 사랑할수록 우리의 일은 끝없이 해석되고 또 새로운 꿈이 될 것이다.

7. 길 위의 뉴요커, 기도는 어디에

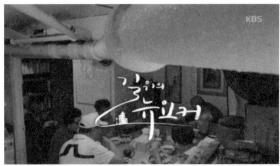

다큐멘터리 〈길 위의 뉴요커〉 스틸 사진

다큐멘터리 〈길 위의 뉴요커〉는 2016년 KBS1에서 스페셜 방송으로 방영되었다. 세계 각지의 사람들이 '아메리칸 드림'을 꿈꾸며 미국으로 모여든다. 이제 지구는 한마당이고 이웃 마을이다. 그런데도 아직 미국은 누구나 성공할 것 같은 나라인가?

◆

미국 최대의 도시 뉴욕, 세계 경제와 외교의 중심지로서 높은 건물들이 즐비하게 솟아 있고, 국제연합(UN) 본부가 있고, 항구에는 미국의 상징인 '자유의 여신상'이 우뚝 서 있다. 거리는 화려하고 생동감과 자신감이 흘러넘친다. 그런 뉴욕에 6만여 명의 '길 위의 뉴요커'가 있고 그중 150여 명이 한국인이란다.

'길 위의 뉴요커'는 미국의 집 없는 부랑자들, 곧 홈리스(homeless)를 일컫는 말이다. 다큐멘터리 〈길 위의 뉴요커〉는 꿈을 잃고 알코올과 마약, 그리고 도박 중독에 빠져 나락으로 떨어진 한인들의 삶을 쫓고 있다. 그들의 슬픔은 치솟은 건물 사이의 크레바스만큼 깊고 어둡다. 꿈은 이미 날카로운 도시의 그림자에 묻혔다.

뉴욕 플러싱의 한 허름한 지하실에 그들의 자활을 돕는 센터 '사랑의 집'이 있다. 자신의 의지로는 중독이라는 깊은 수렁에서 빠져나오지 못하는 10여 명 남짓한 부랑자들이 기부를 받아 한 가족처럼 모여 사는 공동체이다. 그들은 함께 모여 생활하고 함께 기도한다. 점점 소리가 높아지는 그들의 기도는 고양이처럼 서로의 눈물을 핥아준다. 회개하고 새로운 삶을 약속하지만 기도가 끝나고 건물을 나서는 순간 그들의 기도는 도시를 표류한다. 그중 어떤 이는 그곳에서 만나 새로운 사랑을 꽃피우기도 한다. 하지만 그 사랑도 유리 위를 걷는 것처럼 위태롭다.

그들의 기도는 과연 무엇이고 기도는 어디로 향한 것일까? 누가 그 기도에 귀를 기울일까? 그들의 꿈은 어디로 사라졌을까?

우리나라에도 IMF 경제 위기 이전에 벌써 노숙인이 존재했지만 주로 분산되거나 격리되어 있었다. 그러나 IMF의 경제적 위기와 실업자들의 증가로 등장한 노숙인이라는 사회적 계층은 1998년부터 본격적인 사회문제로 대두되었다. 이제 노숙인은 꼭 개인적 결함을 가진 특별한 존재를 일컫는 것만이 아니다. 실업과 빈곤 문제로 인해 정상적인 보통 사람도 언제든 노숙인이 될 수 있다. 통계를 보면 현재도 다수의 노숙인이 존재하며 그 대상층도 다양해지고 있다고 한다.

탈무드의 한 구절에 따르면 인간에겐 각각 두 자리가 마련되어 있다고 한다. 의로운 자가 무죄 판명을 받으면 에덴에 한 자리를 받고 저주받은 이웃의 자리도 추가로 받는단다. 불온한 자가 유죄 선고를 받으면 지옥에 한 자리를 받고 구원받은 이웃의 자리도 추가로 받는다는 것이다. 의롭든 불온하든 인간은 심판지 앞에서 배가 되는 판결을 받는다는 거다. 그러나 간혹 우리 주변을 돌아보면 서글프게도 신보다 이웃이 더 빨리 우리 곁에 달려오는 것을 경험한다. 신의 자비는 혹독하지만 우리의 삶이 늘 부정적이지만은 않다는 증거이겠다.

여행할 때마다 나는 우리나라가 참 잘사는 나라이고 우리 국민성이 대단하다는 걸 느낀다. 아무것도 없이 맨몸으로 건너가 그 낯설고 힘든 외국에서 난관을 뚫고 잘 살고 있는 교포들을 볼 때마다 역시 우리나라 사람이야! 하며 자랑스러웠다. 어쩌면 나는 내가 보고 싶은 것만 보고, 생각하고 싶은 것만 생각하고 있었는지도 모른다.

삶을 가만히 들여다보면, 행복은 행복 속에서 잘 번식하고 불행은 불행 속에서 더 잘 번식하는 것 같다. 신의 세상은 수레바퀴라서 언제고 바퀴 아래쪽에 놓아야 할 희생양을 찾고 있다고 한다. 세상은 이야기 시대이다. 그리고 이야기의 힘은 악한 쪽에 더 무게가 실린다고 한다.

그것은 우리가 부정의 힘이 짓누르고 있는 음지에서 곱게 피어나는 꽃송이를 더 기대하기 때문일지도 모른다.

8. 치코와 리타 그리고 망부석

애니메이션 〈치코와 리타〉 포스터

애니메이션 〈치코와 리타(Chico & Rita)〉(2010)는 구두
닦이를 하며 하루하루 과거를 먹고 사는 치코의 회상으로부
터 시작된다. 치코의 실제 모델은 쿠바 출신 천재 피아니스
트이자 작곡자인 베보 발데스(Bebo Valdes)이다. 1948년
쿠바의 하바나, 천재 피아니스트이자 작곡가인 치코는 어느
날 밤 클럽에서 아름다운 목소리로 노래하는 가수 리타를 만
난다. 사랑은 섬광처럼 다가온다. 지고지순한 사랑이 전설이
되어버린 요즘에 치코와 리타는 뜻밖의 복고풍이다. 복고는
어쩐지 촌스럽다가도 아련한 향수를 불러일으킨다.

◆

뮤직 애니메이션 〈치코와 리타〉는 2010년 스페인의 거장 감독 페
르난도 트루에바(Fernando Trueba), 세계적인 디자이너 하비에르
마리스칼(Javier Mariscal), 그리고 위대한 쿠바의 피아니스트 베보
발데스, 세 사람의 합작으로 만들어진 아름다운 영화이다. 제7회 제
천국제음악영화제에서 매력적인 캐릭터, 관객의 몰입성, 쿠바와 미국
의 재즈 음악이 변화하는 시기를 절묘하게 표현한 점이 높게 평가되

어 대상을 수상하기도 했다.

〈치코와 리타〉는 재능 있는 여가수 리타와 뛰어난 작곡가 치코의 일생에 걸친 사랑 이야기다. 1950년대 초반 쿠바와 뉴욕을 배경으로 한 〈치코와 리타〉는 재즈 영화답게 투명한 수채화풍의 풍부한 색감과 매혹적인 그림 사이로 영화 내내 라틴 재즈 음악이 흐른다.

재즈는 19세기 말에서 20세기 초, 미국의 흑인 음악에 클래식과 행진곡 따위의 요소가 섞여서 발달한 대중음악이다. 재즈에는 공산주의와 자유주의 그리고 백인과 유색인들 간의 인종 차별, 또 자유와 부와 성공을 위한 삶이 고스란히 스며 있다. 특히 흑인들의 희로애락이 한처럼 녹아있다. 노래는 약동적이고 독특한 리듬 감각이 있으며, 즉흥 연주를 중시한다.

애니메이션 〈치코와 리타〉는 재즈의 선율과 감각적인 영상이 아름다운 하바나와 뉴욕 그리고 파리, 할리우드, 라스베가스를 따라 두 사람을 쫓아간다. 그들은 첫눈에 반해 곧 사랑에 빠지지만 사랑은 수많은 장애물을 만나면서 위태롭게 전개된다. 눈치 챘겠지만, 안타까운 이별은 자명하다.

리타는 스타로 만들어주겠다는 다른 연출자의 뉴욕행 제안을 받는다. 치코 또한 화려한 성공의 기회를 잡기 위해 뉴욕으로 간다. 그리고 성공을 눈앞에 두고 있는 리타는 치코와 재회한다. 그렇지만 둘의 사랑은 서로 어긋나고 시간은 둘을 멀리 갈라놓는다. 리타는 스타가 되었지만 행복하지는 않다. 하층민 출신이면서 흑인인 리타는 상류 계급에 희석되지 못하고 보호조차 받지 못한다. 그런데다 치코마저 추방을 당하고 만다.

〈치코와 리타〉의 포스터는 에로물이 아닐까 할 정도로 선정적이다. 그러나 애니메이션 〈치코와 리타〉는 에로물로 전락하지 않는다. 더구나 두 사람의 첫날밤 사랑 표현은 치코의 피아노 선율과 리타의 몸의 곡선이 어우러져 한층 우아하고 매력적이다.

〈치코와 리타〉의 구성은 흔히 말하는 '변하지 않은 신파적 요소'를 정직하게 잘 지키고 있지만, 영화를 보는 내내 그런 식상함이 문제가 되지 않았다. 그 이유는 실제 인물들이 가지고 있는 음악적 재능에 있었을 것이다.

〈치코와 리타〉는 실제 배우들을 카메라로 촬영한 뒤 그 결과물에 선과 색을 덧입히는 로토스코핑(rotoscoping) 기법으로 제작되었다고 한다. 그래서 춤을 추거나 악기를 연주하는 장면들, 또한 쿠바의 하바나와 뉴욕의 풍경들까지 더욱 사실에 가깝게 재현해낼 수 있었다고 한다. 더욱이 1940~1950년대의 쿠바 출신 재즈 뮤지션들의 실명 등장은 실제 연주를 듣는 것처럼 섬세하고 실감나게 연출되었다.

우리는 직간접적으로 늘 누군가에게 어떤 영향을 받는다. 그러다 어떤 한순간의 감정적인 갈등 요소로 인해 삶의 결말이 좌우지되는 걸 본다. 그렇다면 총체적인 삶의 온도 중에서 이 순간의 체감 온도는 몇 도일까? 아무렇지도 않게 흘려보낼 오늘이라는 미세한 각(角)이 훗날 나를 어느 산봉우리에 도달하게 할지 알 수 없는 일이다.

리타는 백인들을 위해 공연하면서도 그들에게 제대로 된 대우를 받지 못한다. 그녀는 흑인이라는 차별의 이미지를 스스로 벗어낼 것을 선택한다. 그것은 곧 무대를 떠나 홀로 살면서 자신의 유일한 사랑을 기다리는 것이다. "오로지 치코만을 오랫동안 기다렸다"는 늙은 리타를 보면서 우리의 전설 '망부석望夫石'을 떠올린다.

우리나라에 전해오는 '망부석' 전설을 보자. 절개 굳은 아내가 멀리 떠난 남편을 기다리다 죽어 화석이 되었다는 전설의 돌을 '망부석'이라고 한다. 대표적인 '망부석'으로는 신라 눌지왕訥祗王 때의 박제상朴堤上 아내에 대한 전설이다. 일본에 볼모로 가 있는 왕자를 구출한 뒤 박제상은 체포되고 죽임을 당하여 돌아오지 못한다. 그의 아내는 수리재[鵄述嶺]의 높은 바위 위에서 저 먼 왜국을 바라보며 통곡하다 돌부처가 된다. 훗날 그녀는 수리재 신모神母가 되었고, 사람들은 그 바위를 '망부석'이라 불렀다.

이 설화는 사람이 돌로 변한다는 '화석 모티프'의 전형이다. 남편을 기다리다 돌이 된 '망부석'은 시간을 초월한 견고한 기다림으로 보인다. 그러나 한편으로는 남편에 대한 원망과 한이 서려 있기도 하다. 포기할 수 없는 기다림과 간절한 소망의 한이 들어 있는 설화 '망부석'은 기다려야 한다는 억압과 기다리지 않으면 안 된다는 여자에 대한 사회적 금기의 역설적 표현이기도 할 것이다.

세상의 말로 망부석을 깨운다면 돌은 심장을 얻어 두근두근 이렇게 말할까?

"당신이 이 문을 두드리기를. 무작정 기다렸어요."

9. 키리쿠와 마녀

애니메이션 〈키리쿠와 마녀〉 포스터

"엄마! 저를 세상에 내보내 주세요!"

"엄마 뱃속에서 말하는 아이는 세상에도 혼자 나올 수 있어."

"내 이름은 키리쿠."

◆

뜨거운 태양, 앙상한 나무들, 그리고 집 모양이 생경한 아프리카의 한 마을. 배가 부른 여자에게서 아이가 걸어 나온다. 탯줄을 잘라달라고 하지만 어머니는 "혼자 나온 아기는 혼자 할 줄 알아야 한다"고 말한다. 탯줄도 알아서 자르고 범상치 않게 출생한 사내아이는 자기 이름도 직접 지어 부른다. 작지만 책임감이 클 뿐더러 호기심과 모험심이 가득한 아주 작은 키리쿠는 어머니의 믿음 속에 영특하고 지혜로운 영웅이 된다.

영화는 아프리카의 전래 동화를 각색한 시나리오에 아기장수 키리쿠가 마녀에게서 마을을 구해내는 모험담을 입혀내고 있다. 아프리카를 형상화한 그림과 음악의 향연은 이색적이고 독특하기까지 하다.

애니메이션 〈키리쿠와 마녀(Kirikou And The Sorceress)〉(1998)
는 프랑스와 벨기에, 룩셈부르크의 3개국 합작으로, 미셸 오슬로
(Michel Ocelot) 감독의 데뷔작이다. 이 애니메이션은 제작비를 모
으는 데 어려움을 겪어 제작에만 4년이 걸렸다고 한다. 또 이야기의
첫 부분은 원작, 부부 아마(Boubou Hama)의 전래 동화집 『이제 가
니(Izé Gani)』와 동일하게 유지하다가 최종 시나리오에는 큰 변화를
주었고 그 때문에 나머지 이야기는 대부분 바뀌었다고 했다. 영화 수입
과정에서 캐릭터의 가슴 노출 장면에 대해서 거부감을 표시하자 감독
은 "사람들에게 아프리카적인 시선을 그대로 보여주길 원했다"고 말했
다. 여러 제반 사항이 어려운 환경에서 완성된 〈키리쿠와 마녀〉는 프랑
스 애니메이션 역사에 획기적인 선을 그은 작품으로 평가받고 있다.

키리쿠는 태어나자마자 엄마에게 아빠는 어디 있느냐고 묻는다. 엄
마는 마녀 카라바가 마을의 남자들을 모두 잡아먹었기 때문에 마을
에 남자가 없다고 이야기해준다. 키리쿠는 마녀가 '왜' 남자들을 먹는
지 궁금하다.
"할아버지, 왜 카라바는 남자들을 먹죠?"
"사람은 먹지 않는단다. 마을 사람들이 그렇게 생각할 뿐이지. 카
라바는 그렇게 믿도록 그저 놔두었을 뿐이야. 사람들이 겁을 먹으면,
그녀는 힘이 더 세지거든. 카라바는 사람을 먹고 싶단 생각을 한 적이
없어. 너랑 나처럼 소스 바른 참마를 더 좋아하지."
키리쿠는 결국 카라바를 찾아 떠난다. 그리고 마녀의 등에 박힌 가

시를 몰래 이로 뽑아낸다. 아기장수 키리쿠는 마녀 카라바와의 입맞춤으로 멋진 남자가 되고 착한 여자가 된 카라바와 결혼한다. 영화는 마법의 키스로 끝난다. 키리쿠가 키스한 뒤 갑자기 자라서 어른이 되는 결말은 그림 형제의 「개구리 왕자」의 결말과 흡사하다.

오슬로 감독은 아프리카의 환상적인 자연을 독특하게 그려내고 있다. 화려한 전통 문양과 특별한 인물 표현뿐 아니라 감독은 특유의 그림자 효과를 통해 볼륨감과 생동감을 더욱 입체적으로 보여준다. 마을과 마녀 사이에 놓인 불꽃 나무길, 카드의 퀸처럼 치장한 마녀, 터널을 뚫는 키리쿠를 표현한 그림자놀이 기법, 마을의 따뜻한 색상과 구별되는 마녀의 회색 건물과 회색 로봇 병정들, 그리고 선문답하는 엄마의 표정과 어투는 무척 흥미롭고 인상 깊었다. 특히 딱따구리들의 노래 "호기심은 자꾸 과거로 돌아가게 돼"는 자꾸 듣고 싶은 노래이기도 하다.

우리나라에도 '아기장수' 설화가 있다. 가난하고 비천한 집안에서 한 아이가 태어났는데 겨드랑이에 날개가 있고 힘이 센 아기장수였다. 그러나 비범한 능력을 지닌 아이가 크면 장차 역적이 되어 집안을 망칠 것이라 생각한 부모와 관군에 의해 비극적 죽임을 당한다. 아기장수를 태울 용마龍馬마저 주인을 찾아 헤매다가 용소龍沼에 빠져 죽는다. 이 설화는 뛰어난 능력자는 주위의 반대나 무지에 의해 채 뜻을 펴보지도 못하고 죽임을 당한다는 비극적 종말을 보여준다.

비극적인 '아기장수' 설화는 어려운 시대마다 새로운 영웅 탄생을 갈망하는 소망을 역설적으로 보여준다. 영웅의 존재는 새로운 세상과 질서를 기대하며 구원을 희망하는 민중의 산물이기 때문이다. 전설 속의 아기장수는 비극적 종말을 맞이하는 미완의 영웅이지만, 전설을 통해 '죽지 않는, 영원히 회귀하는' 민중적 저항 정신으로 계속 살아나고 있다.

원래 키리쿠의 이야기도 애니메이션과는 달랐다고 한다. 키리쿠도 출생 뒤 줄곧 어머니한테 의심받았다. 마녀처럼 큰 힘을 얻었지만 끝내 살해당한다. 그러나 애니메이션에서는 키리쿠를 의심을 받는 아이가 아니라 오히려 많은 질문을 하는 지혜로운 아이로 등장시킨다. 그리고 죽임을 당하는 대신 마녀를 치유한다. 애니메이션 〈키리쿠와 마녀〉는 동화의 원형을 지녔지만, 선과 악의 이원적 이야기 구조가 아니다. 키리쿠의 여행은 악을 무찌르기 위함이 아니라 마녀 카라바가 왜 악한지를 알아보는 데 초점을 맞추고 있다.

카라바가 키리쿠와 함께 돌아왔을 때 마을 사람들은 모두 마녀를 두려워했다. 그러나 사실을 알고서는 둘의 결혼을 긍정적으로 환영한다. 맨몸으로 생활하는 것만큼이나 개방적인 아프리카의 의식과 가치관을 엿볼 수 있는 부분이다.

납치되었던 남자들과 마녀까지, 온 마을 사람들이 마을 입구 커다란 나무 아래 다 모여 있다. 아프리카의 설화를 각색한 〈키리쿠와 마녀〉의 결말은 행복이었다.

10. 새는, 너의 펜을 빌려줘

드라마 〈새는〉 스틸 사진

내게도 '언제인가, 어느 곳인가'로 한 번 되돌아갈 수 있는 순간을 바란다면 과연 여고 시절일까? 가만 되돌아보니 참 특별할 것도 없는 여고 시절이다. 어쩌면 미안하기까지 한 내 여고 시절에게 애도의 꽃다발을 바치고 싶다. 지나고 나면 아쉽고 후회스러운 일이 어디 한두 번이랴. 만약 그 시절로 돌아간다 해도 소설 속 주인공처럼 나를 리폼할 수 있다고 장담할 수는 없다.

◆

박현욱의 장편 소설 『새는』(문학동네, 2003)은 프로야구와 함께 자란 고교생 김은호의 이야기가 독특한 음반 트랙 형식으로 구성되어 있다. 그러나 원작을 각색한 MBC 베스트극장 드라마 〈새는〉(2006)에서는 프로야구 이야기가 없다. 대신 눈부신 청춘 시절, 많이 아팠던 김상진을 그리고 있다. 공부를 못하면 잘 생기지 못하고 촌스러운 이름을 가지고 있어야 하는 걸까? 눈에 보인다는 특징은 모순을 강요하는 억지스러움이 있다. 나 역시 상투적이게도 '뭔가 있어 보이는' 은호를 택하겠다. 요즘엔 원하는 이름으로 개명하는 것은 어렵지 않은 일이기도 하니까.

작가가 된 은호 사무실에 전화벨이 울린다. 벨이 몇 번이나 울려도 전화를 받지 않는다. 전화 혼자서 비서처럼 저 할 일을 하고 있을 뿐이다. 깜박이는 형광등을 직접 갈아 끼우는 은호의 생활이 조금은 낡아 보인다.

은호는 원고를 독촉 받고, 은수의 죽음을 듣는다. 문득 일손을 멈춘다. 은수가 사고로 죽었단다. 아득히 멀리 와버린 은호가 형광등을 손에 든 채 멍하니 벌써 어디론가 달려간다. 거기, 지금의 은호가 있게 한 고교 시절의 눈물겹도록 시린 어린 사랑이 풋포도처럼 매달려 있다.

나는 누구로 인해, 아니 누구를 위해 내 생활의 중심을 통째로 옮겨본 적이 있었던가? 은호의 삶은 첫사랑 은수를 향해 돌아가고 있었다. 그녀를 위해 신문을 돌렸고 첫 월급으로 기타를 샀다. 죽어라고 기타를 쳤고 그녀를 만나기 위해 문학반까지 들어간다.

사람은 하루에 열 몇 시간 동안 하면 뭐라도 잘할 수 있다. 하루에 열네 시간씩 하면 못할 것이 없는 법이다. 거짓말 같았지만 기적 같은 일이었고 은호는 졸지에 본받을 만한 사람이 된다. 그리고 고3, 그 일년 동안 은호는 평생 해야 할 양의 공부를 한다. 좋다는 대학에 합격한다. 오직 거기 은수가 있었기에, 은호가 거기 있었을 뿐이다. 그러나 거기까지였다.

그랬다. 존재하는 모든 것에는 제각기 다 자신의 시절이 있다. 어쩌면 길고 긴 꿈을 꾸고 있었을까? 문득 운동장 한가운데서 걸음을 멈춘다. 어느 겨울날의 오후였던가. 어딘지 한가로운 햇빛과 어우러지는 온화한 풍경 한복판에서 은호는 그만 길을 잃는다.

세상 사랑도 세상 사람의 숫자만큼이나 다양한 색깔을 갖고 있을 것이다. 한눈에 반한 사랑이라는 건, 자신이 자신에게 씌워놓은 환상이다. 누군가는 정열이 고갈된 곳에서 지혜가 시작된다고 했다. 그래서일까? 어떤 근사한 핑계가 있다 해도 결국은 우리는 자기가 원하는 대로 한다.

은호에게 죽은 은수는 없는 것이다. "저건 신 포도야." 은호는 은수를 보고 말한다. 그렇다면 은호는 은수가 신 포도가 아니라는 걸 알면서도 모른 체 해야 한다. 짝사랑하는 그녀에게 잘 보이기 위해서 수단과 방법을 가리지 않는다.

언제였던가? 턱없이 짧았던 어떤 사람의 시간을 가만히 들여다본다. 해쓱한 그가 방안에 모로 누워 있다. 창문으로 들어오는 햇살에 눈부신 듯 가늘게 닫힌 눈이 흔들린다. "꿈 깨, 꿈 깨라고!" 메아리는 불길했고 불길한 예감은 잘 맞았다.

짧았던 그의 삶은 눈부셨을까? 유난히 바삐 살았던 그는 그때 일생할 일을 다 마쳤던 것일까? 큰 궤적을 그리며 떨어지는 유성을 바라본다. 깜깜한 하늘의 별들이 무척 반짝거리는 어느 한때 틀림없이 보왔을 그 하늘이다.

모든 삶에 다 지름길이 존재하는 것은 아닐 것이다. 멀리 우회한 삶은 간혹 늦은 나락처럼 떨어지기도 하겠지만 영글기도 전에 쓰러지는 벼보다 행복하겠다.

"달의 길을 천천히 걸어가고 있는 이여!"

행운이라는 자는 어처구니없는 순간에 뚜벅뚜벅 걷는 자의 손을 덥석 잡아줄지도 모른다. 새는 노래하는 의미도 모르면서 자꾸만 노래하지 않는가.

3장.

———

익숙한,
그러나 낯선

1. 햄릿, 다시 만나다

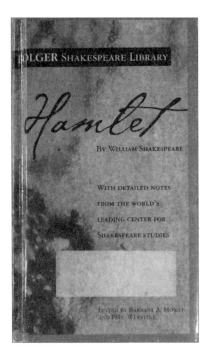

Washington Square Press에서 발행한 『Hamlet』(1992) 표지

"To be, or not to be(사느냐 죽느냐, 그것이 문제로다)."

◆

너무도 익숙한 문장이다. 익숙해서 잘 안다고 생각했는데 아는 게 정작 수박 겉껍데기 정도일 때 우리는 무척 당황스럽다. 『햄릿』이 그랬다. 뭉뚱그려놓은 듯 뭔가 불확실한 이목구비임에도 그동안 그는 내게 참 객관적으로 통용되었다. 다시 만난 『햄릿』은 문득 문득 이랬었나? 이거였던가? 하며 나를 혼란에 빠뜨렸다.

당연하다는 듯 잘 알고 있다고 생각했는데 막상 애매하고 낯설게 다가오는 이 느낌은 뭘까? 어느 교수는 이것을 '고전의 특징'이라고 했다. 고전은 과연 무엇일까? 사전에서는 "시대를 뛰어넘어 변함없이 읽을 만한 가치를 지니는 것들을 통틀어 이르는 말"이라고 정의하고 있다.

우리 인류가 지나온 길이기에 때론 익숙하지만 그 익숙함은 크레바스 같은 오인을 불러일으키기도 한다. 그렇다면 고전이란 파고들수록 유혹적인 낯선 섬으로의 표류일지도 모른다.

한 사람씩 오지 않고 한꺼번에 몰려오는 슬픔이라는 첨병 앞에 우뚝 서 있는 『햄릿』. 익숙한 그러나 정작 낯선, 고전 중의 고전, 그를 다시 만나러 간다.

햄릿은 덴마크 왕국의 왕자다. 햄릿의 불행은 삼촌의 야욕에서 시작되었다. 어느 날 갑자기 삼촌인 클로디어스가 형인 왕을 죽이고 왕이 된다. 아버지가 돌아가신 지 두 달도 채 안 돼 어머니인 왕비 거트루드는 새 왕인 삼촌과 재혼한다.

"오, 최악의 속도로다."

슬픔에 차 있는 햄릿 앞에 아버지는 유령의 모습으로 나타나 억울하게 독살된 자기 죽음을 알리며 원수를 갚아 달라 당부한다. 햄릿은 어머니와 삼촌에 대해 분노하고 절망한다. 그리고 복수를 위해 사랑하는 연인 오필리아마저 내친다.

광인 흉내로 주변을 조롱하며 복수의 기회를 엿보는 햄릿은 삼촌에게는 방해물이고 눈엣가시다. 왕은 햄릿을 영국으로 보내 제거하려한다. 그러나 그는 죽음의 길에서도 살아 되돌아온다.

오필리아의 아버지는 왕비의 휘장 뒤에 숨어 있다가 왕으로 오인한 햄릿의 칼에 죽는다. 사랑과 아버지를 모두 잃은 오필리아는 미쳐버리고 끝내 자살한다. 왕의 계략으로 오필리아의 오빠인 레어티스와 결투를 앞둔 햄릿은 이렇게 말하며 초월적 경지의 순응을 보인다.

"마음의 준비가 최고야. 누구도 자기가 무엇을 남기고 떠나는지 모르는데, 일찍 떠나는 게 어떻단 말인가? 순리를 따라야지."

햄릿이 결투를 벌이는 동안 왕비는 왕이 햄릿을 죽이려고 타놓은 독주를 마시고 죽는다. 왕도 햄릿의 칼에 죽는다. 결투를 벌인 레어티스도 햄릿도 결국 모두 죽는다.

임종 직전의 햄릿으로부터 직접 지지받아 새 왕이 된 포틴브라스는 햄릿을 무사답게 단상에 올리고 서거를 기린다. 병사들이 그의 시신을 메고 퇴장한다. 여러 발의 조포가 울린다.

셰익스피어는 위대한 시인이자 천재 극작가이다. 그러나 영국이 인도와도 바꾸지 않겠다는 그의 존재는 출생부터가 불확실하고 미스터리다. 그는 극단의 배우였다. 그러다 직접 극단의 주주이자 전속 작가가 되어 20여 년 동안에 37편의 희곡을 남겼다. 그는 새로운 이야기를 지어내는 천재라기보다는 주어진 이야기를 재구성하고 재해석하는 천재로 말해진다.

『로미오와 줄리엣』, 『한여름 밤의 꿈』, 『베니스 상인』, 『햄릿』, 『리어왕』, 『맥베스』, 『오셀로』 등등, 초등학교 졸업이 학력의 전부인 그가 어떻게 그 수많은 걸작을 남길 수 있었을까? 그저 위대한 셰익스피어라고 말할 수밖에 없다.

셰익스피어를 말하자면 무엇보다 비극과 떼놓을 수 없다. 그의 비극 중 제5막으로 쓰인 『햄릿』은 걸작 중의 걸작이면서 끊임없이 논란의 대상이 되고 수없이 논의된다. 왜 『햄릿』이 매혹적인가? 햄릿의 신비는 극단적인 행동 지연과 극단적인 행동 실천의 양극 공존에 있다.

자칫 우유부단하다고 말해지는 햄릿이지만, 알고 보면 누구도 당해 낼 수 없는 깊은 지식과 기지와 재담의 능력자이다. 그는 외부 세계에 대한 인간의 관심과 인간의 내면세계를 끊임없이 추구한다. 동시에 인간의 믿음에 대한 회의와 삶의 본질에 대해서도 끊임없이 성찰하며 고뇌한다.

『햄릿』은 개인과 가족, 그리고 국가와 우주까지 그 차원을 확장하며 인간의 본 모습을 그려내고 있다.

모든 일은 파도처럼 꼬리에 꼬리를 물고 달려온다. 그 속에서 우리는 아주 사소한 것에서부터 매우 중요한 문제까지 매 순간마다 크고 작은 선택을 하며 살아간다. 그리고 시간이 지나고 나면 '좀 더 나를 알고 나를 잘 들여다보았더라면' 하고 후회를 한다. 분명 비극이 비극을 낳는 순환의 고리를 어디에선가 더 빨리 끊어낼 수 있지 않았을까? 그랬더라면 지금의 나와는 전혀 다른 길목에서 나를 마주치지 않았을까? 하고 말이다. 하지만 그 누구도 그 어떤 수치로도 예측할 수 없는 것이 삶이기에 우리는 늘 기대하고 후회하고 또 기대할 수 있는 것이다.

내가 처음 『햄릿』을 만났을 때는 좀 어렸다. 그때의 그는 다소 어렵고 난해했다. 그러나 지금 다시 만난 『햄릿』은 친근했다. 친구처럼 손을 내밀며 나를 위로하고 있었다. 나는 그의 비극적인 운명 앞에서 나의 삶과 가치 그리고 내 삶의 방식을 오랫동안 들여다본다.

우리는 언제고 그를 진지하게 다시 만나볼 필요가 있다. 삶이 휘청거리는 순간이라면 분명, 그는 누구에게든 귀엣말을 들려줄 것이다. 따듯한 인간 대 인간으로 눈을 맞추며 말이다. 우리는 동전을 던지는 순간 이미 원하는 답을 알고 있다고 한다.

우리 인생은 징해진 결말은 없지만 도착점은 같다고 했으니 어찌되었든 우리에게는 지금 이 순간만큼 더 최고의 선물은 없다. 시간이 흘러가는 한 이야기는 계속될 것이고 지금 나의 이 순간은 소중한 나의 역사가 될 것이다.

"인간이란 참으로 걸작품이 아닌가! 이성은 얼마나 고귀하고, 능력은 얼마나 무한하며, 생김새와 움직임은 얼마나 깔끔하고 놀라우며, 행동은 얼마나 천사 같고 이해력은 또 얼마나 신과도 같은가! 이 지상의 아름다움이요 동물들의 귀감이지— 헌데, 내겐 이 무슨 티끌 중의 티끌이란 말인가?"
                              ―『햄릿』, 제2막 2장, 309~314.

2. 금남표해록과 리더십

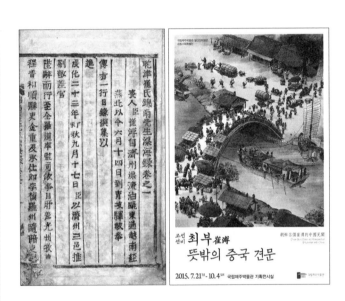

『금남표해록』 본문 일부와
"조선 선비 최부 – 뜻밖의 중국 견문" 전시회 포스터

제주에서 추쇄경차관(도망한 노비나 죄를 지은 자들이 제주도로 달아난 경우가 많아 이들을 잡아들이는 일을 담당하던 벼슬)으로 재직하던 최부崔溥는 부친상을 당하여 고향으로 돌아가던 중 제주 앞바다에서 표류된다. 그리고 비바람이 몰아치는 배 안의 소요와 불신, 배고픔과 죽음의 공포를 극복하고 명나라 저장성에 당도한다.

◆

유교를 숭상한 조선 시대의 신분 사회는 무척이나 엄격했다. 그런데 표류하는 배에서 신분이 다른 43명이나 되는 사람들은 어떻게 14일 동안 한 명도 죽지 않고 살았을까?

최고 상관인 최부는 자신의 목숨이나 아랫것들의 목숨이나 똑같이 소중하다고 여겼다. 그는 신분과 계급에 상관없이 가장 위급한 사람부터 먼저 구했다. 또 비상식량마저 다 떨어져 오줌을 먹는 등의 아비규환 속에서도 의연하게 대처했다고 한다.

"리더의 조건은 단 한 가지, 오직 헌신이다"라고 존 맥스웰은 말한다. 그는『리더의 조건』(비즈니스북스, 2012)에서 리더십은 과정의 법칙에서 형성되고, 매일매일 오랜 기간 동안 끊임없이 배우고 성장하는 사람에게서 발현된다고 했다. 리더는 말보다 행동이 앞서는, 목표가 달성될 때까지 포기하지 않는, 어떤 어려움에도 헌신을 실천하며 목표 도달을 위해 값을 치르는 사람인 것이다.

최부는 해적을 만나 생명의 위협을 당하기도 하고, 왜구로 몰아 출세하려는 명나라 관리들의 음해와 무고로 여러 차례 죽을 고비를 겪는다. 하지만 그의 문장과 학식을 인정한 중국 본토 지식인의 존중으로 조선 관인으로서의 공식적인 예우를 받으며 북경으로 호송된다. 부친상 기간이었던 최부는 우리의 상중喪中 예절을 고수해 명나라 황제 앞에서도 끝까지 상복을 벗지 않았다고 한다. 이것은 책임감과 선비 정신이 유독 강했던 그의 불굴의 의지와 원칙론에 입각한 리더십을 보여주는 하나의 예이다.

최부는 표류된 지 136일 만에 8,800여 리의 중국 남·북을 관통하며 환국한다. 그는 성종의 왕명으로 일기 형식을 빌려 그간의 일들을 5만여 한자로 기록하였다. 바로『금남표해록錦南漂海錄』(줄여서『표해록』으로 불림)이다. 이『표해록』에는 중국 강남 지역의 문물과 대운하 제도 등 세세한 견문의 관찰이 자세하게 사실적으로 잘 나타나 있다. 특히 그는 북경으로 호송되어 가면서 수차의 제작법과 이용법을 배워왔는데, 1469년 호서 지방의 가뭄 때는 이를 보급해 가뭄 극복에 크게 기여했다.

우리나라 사람의 중국 여행기로는『조천록朝天錄』,『연행록燕行錄』 등 여러 종류의 책들이 전하고 있지만, 대체로 국가 외교적 차원에서 왕래한 사신들의 견문 기록이며 그 여정의 한계선도 북경까지로 제한 되어 있다. 반면에『금남표해록』은 당시 조선인의 내왕이 전혀 없던 중국의 강남 지방江南地方에까지 표착해서 육로로 귀국하기까지의 경험을 기록한 것이라는 점에서 다른 중국 기행기보다 더 가치가 높 다 하겠다.

더구나『표해록』은 당시 최고의 선비 출신의 작품이다. 신분이 낮 은 층의 표류를 구술로 받아 쓴 작품들과는 달리 사실적인 측면에서 그 문학적 의의가 크다 할 수 있다.

최부는『동국여지승람』과『동국통감최부』의 편찬에도 참여한 출중 한 학자였다. 주로 간관으로 일하고 홍문관 교리와 사헌부 지평과 감 찰 등을 지낸 최부는 연산군을 향해 소신 발언도 굽히지 않았다. 곧고 강직한 청백리였던 그는 무오사화 때 함경도 단천으로 유배를 갔고 결국 연산군 10년(1504년) 갑자사화 때 참형을 당했다. 그의 나이 51 세였다.

최부의『금남표해록』은 생사를 넘나드는 여성이었나. 요즘의 교통 망과 통신망을 상상할 수 없던 때의 바다는 죽음의 모험일 수밖에 없 다. 어떤 목적의 여행이 아닌 갑자기 닥쳐온 죽음의 표류에서 최부의 리더십은 가장 이성적인 생각과 가장 이상적인 선택의 발휘였다. 지금 우리에게 잘 알려지지 않은 다소 생소한, 최부의 『표해록』은 당시 국문으로 번역되어 널리 읽혔으며 일본에까지 전해지기도 했다. 이 『표해록』은 마르코 폴로의 『동방견문록』, 일본 승려 엔닌圓仁의 『입당구법순례행기』와 함께 세계 3대 중국 기행문의 하나로 꼽히고 있다.

리더십은 공통된 목표를 향해 사람을 헌신적으로 이끄는 것이다. 아무리 쓰러져도 오뚝이처럼 일어나 매진하겠다는 하나의 약속이다. 헌신은 행동으로 평가받는다. 하루하루가 아무리 힘들어도 축적되고 쌓이면 싹이 나고 나무가 되듯 사람은 모이고 리더로 증명될 것이다.

3. 마더, 오인과 응시

영화 〈마더〉 포스터

봉준호 감독의 영화 〈마더〉(2009)는 단순히 모성애를 다룬 영화가 아니다. 만화적인 기법으로 인생이나 사회 이야기를 풍자하고 비판하는가 하면 스토리의 구성 또한 범인 찾기 같은 추리 기법을 활용하고 있다.

◆

〈마더〉의 서사적 요소는 영화를 지배한다. 그리고 서사는 주변 인물들의 광증적 삶을 희화화하고 있다. 등장인물들의 독특한 성격은 거친 성적 욕망으로 왜곡되어 있고 비정상적인 인간관계는 내밀하게 위계화되어 있다. 〈마더〉는 사물이나 현상의 특징을 과장하면서도 인간과 세계의 이해에 대한 내면의 일그러진 실존, 그 깊숙한 곳을 은밀하게 묘사한다.

〈마더〉의 심리적 기제는 엄마와 아들이 서로 의존하고 제약하는 욕망의 역학 관계에 있다. 가난한 데다 과부인 엄마에게 바보 도준은 세상의 전부이다. 얼핏 보면 푼수 같은 엄마와 저능아인 아들은 사회적 자아로부터 폐쇄되어 있다. 그리고 아들은 마더의 일방적인 명령 속에서 훈육된다. 마더의 보호 없이는 생활 자체가 불가능하다. 마더의 집착은 아버지의 욕망까지 욕망하는 모습으로 표현된다. 이런 부성 은유의 변형은 도준이 사회적 자아로 성장할 기회를 박탈하고 있다. 엄마와 바보 아들 내면의 소외는 사회로부터 형성되고, 타자를 향한 무의식은 극복해야 할 욕망으로 점철되고 극대화된다. 이들을 둘러싼 주변의 캐릭터들 역시 억압과 착취의 관계에 놓인다. 이것은 삶의 착 시이자 불협화음이라 할 수 있다.

영화는 이런 착시를 라캉의 언술인 '오인'과 '응시'로 가정한다. 라 캉은 『에크리(Ecrits)』(「세미나 8」)에서 "무의식은 언어처럼 구조 지 어져 있다"는 명제를 명명하고 진술했다. 오인과 응시의 심리적 분열 은 욕망의 일그러진 표출이다. 그렇다면 마더와 도준의 욕망의 기저 에서 우리는 타자적 욕망 관계가 형성하고 있는 사슬의 무의식을 도 출해낼 수 있는 것이다.

영화 속의 '마더'는 바보 아들 도준을 자신의 시선 안에 두고 줄곧 응시한다. 술 취한 도준이 문아정을 쫓던 다음날 문아정이 시체로 발 견되고 도준은 살인자로 지목된다. 문아정은 성性을 팔아 할머니와 생활을 하고 있는 소녀 가장이다. 마더는 범인을 찾는 과정에서 경찰 도 변호사도 신뢰할 수 없게 된다.

영화의 핵심 과제는 마더의 '살인자 찾기'다. 당시의 상황을 기억하 라는 엄마의 독촉에 도준은 다섯 살 때 자신에게 독이 든 박카스를 먹 여 죽이려 했던 엄마를 기억해낸다. 기겁한 엄마가 망각의 침을 놓으 려 하지만 도준은 또 자신을 죽이려 하느냐며 마더를 거부한다. 마더는 문아정 살인 현장에 있었던 유일한 목격자 고물상 노인을 찾아가 죽이고 급기야 불까지 지른다.

결국 의도적인 오인은 또 다른 고아이자 저능아인 종팔이를 살인자로 대신 지목하고 도준은 풀려나온다. 도준이는 불탄 고물상 잿더미에서 엄마의 침 상자를 찾는다. 그리고 엄마가 여행을 떠나기 직전에 "이런 걸 막 흘리고 다니면 어떻게 해"하며 은밀하게 침을 건넨다. 충격에 사로잡힌 마더는 자신의 기억을 지우고자 스스로 허벅지에 망각의 침을 놓는다.

라캉의 정신 분석에서 삶이 결핍인 까닭은 두 가지라고 했다. 하나는 진정한 욕망의 대상에 도달하는 것이 불가능하기 때문이고, 두 번째는 대체된 대상과의 결합에서 오르가슴적인 충만의 주이상스*(jouissance)에 이르지 못하기 때문이다.

철저한 망각 전략의 오인과 응시 속에서 도준의 자아와 마더의 욕망은 사건의 진실을 왜곡하고 충돌한다. 박카스 병에 대한 기억은 도준과 엄마의 주도권이 바뀌는 결정적 요인이 된다. 이는 종속적 근친 관계에 있던 도준이 엄마를 거부한 완전한 주체로의 독립이며, 도준이 마더의 보호를 받는 위치에서 마더를 보호하는 위치로의 이동이다.

억압에서 주체로 돌아오는 도준의 응시가 주이상스라면 마더의 망각의 침 맞기는 오인의 퇴행적 주이상스다. 기억이 병이라면 망각은 가장 달콤한 감정의 치료제라 할 수 있겠다.

영화의 시작과 엔딩에서 마더의 춤추는 모습은 무척 강렬하고 인상적이다. 춤은 혼자 추는 춤으로 시작해 군중 속의 춤으로 확장되고 있다. 마치 첫 울음을 깨고 세상 속으로 다시 나오는 마더의 탄생을 보여주는 듯하다. 도준과 마더의 삶은 차창 밖으로 불타오르는 저녁 노을처럼 다시 시작된다.

* 주이상스 : 쾌락원칙을 넘어선 고통스러운 쾌락

4. SKY 캐슬과 고리오 영감

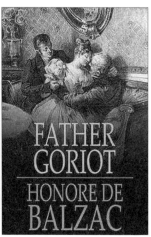

드라마 〈SKY 캐슬〉 포스터와 발자크 소설 『고리오 영감』

우리 속담에 "내리사랑은 있어도 치사랑은 없다"라는 말이 있다. "내가 너를 어떻게 길렀는데"라는 회한은 시대가 변해도 여전히 되풀이된다. 그것은 우리가 오랜 세월 동안 삶의 경험이 주는 소중한 교훈을 자꾸 잊는 까닭인지도 모른다.

◆

얼마 전 장안의 화제가 된 드라마가 있다. 대한민국 상위 0.1%가 모여 산다는 'SKY 캐슬'. 그곳에는 자식을 통해 자신의 욕망을 실현하려는 특권층 부모들과 그들만의 방식으로 특별한 입시 교육과 보호를 받는 특수 계급의 아이들이 살고 있다. 일반적인 사람들은 부러워하면서도 그곳을 감옥이라 불렀다.

허울 좋은 사랑이란 명분 아래 부모와 자식이라는 존재는 점점 괴물이 되어간다. 드라마 〈SKY 캐슬〉은 목적을 향해 돌진하는 부모와 자식 간의 상호 노예화 과정을 그리고 있다. 그런데 이것이 비단 우리 한국 사회의 교육 제도와 어떤 특별 계층으로 인해 드러난 문제점이라고만 할 수 있을까? 과연 우리는 드라마나 소설, 영화가 아니면 어떻게 나와 다른 세계의 양상을 들여다볼 수 있을까?

『고리오 영감』(1835)은 프랑스 작가 발자크의 장편 소설이다. 소설은 1819년 프랑스 파리 근교, 진흙 구덩이 속 소위 고급 하숙집이라는 보케르의 집에서부터 시작된다. 작가는 고급 하숙집에 대한 묘사를 장황하고 세밀하게 그리고 길게 묘사한다. 그곳의 풍경은 비루하고 질척이지만 진실한 삶의 축소판 같다. 궁핍이 넝마처럼 도사리고 있는 곳에서 주인공 '고리오 영감'과 또 다른 주인공이자 화자인 '으젠느 드 라스티냐크' 그리고 온갖 무늬의 군상들이 들락거리며 살아가고 있다.

『고리오 영감』의 고리오는 일찍이 제면업으로 성공한 백만장자이다. 부인이 일찍 죽자 그는 두 딸에게 무분별한 사랑을 쏟으며 헌신한다. 자신에겐 한 푼도 아끼면서 두 딸은 특권층 자녀처럼 키운다. 그리고 거액의 지참금을 들여 귀족과 결혼시키고 특권층 세상 곧 상류 사회로 들여보낸다. 그의 유일한 행복은 딸들을 충족시키는 것이어서 그는 딸들이 저지르는 나쁜 일까지도 사랑했다. 두 딸을 천사의 대열에 올려놓았지만 고리오는 빈털터리가 되었다. 두 딸은 초라한 아버지를 부끄러워한다. 결국 비참하게 생을 마감하는 아버지의 임종도 보러오지 않는다. 그는 죽음에 이르러서야 자신의 사랑이 노예의 사랑이었음을 깨닫고 회한에 젖는다.

시골에서 올라온 가난한 청년 라스티냐크는 『고리오 영감』의 화자이자 또 다른 주인공이다. 그는 사교계의 여자를 만나 신분 상승을 노리고 영화로운 생활을 꿈꾸는 야심가이다. 그는 고리오 영감과 같은 곳에 살면서, 돈 많은 귀족 부인인 고리오의 둘째 딸 델핀을 만나 성공하려는 야망에 들떠 있다. 그는 입신출세라는 삶의 실상에서 '사회라는 커다란 책'을 읽으며 출세하려면 도덕과 의리의 마음을 떨쳐버리지 않으면 안 된나는 것을 깨닫는다.

『고리오 영감』은 19세기 프랑스 소설에서 흔히 부각되는 도식적인 틀의 소설이다. 그렇지만 소설은 그곳에서 펼쳐지는 그저 통속적인 연애담만은 아니다. 출세하려고 시골에서 상경한 라스티냐크의 눈에 보이는 파리의 풍경은 냉혹하기만 하다. 백만장자로 자수성가한 고리오 영감은 두 딸의 탐욕과 외면 속에서 병들어 외롭게 죽어간다. 라스티냐크는 델핀이 준 시계를 전당포에 잡히고 고리오의 장례식을 치른다. 젊은 라스티냐크만이 비참한 그의 죽음을 배웅한다. 모든 것을 지켜본 라스티냐크는 진흙탕 삶 속에서 속세와의 투쟁을 선택한다. 그리고 그는 고리오의 무덤에서 파리의 불빛을 바라보며 부르짖는다. "이제부터 네놈과 나의 단판싸움이다."

드라마 〈SKY 캐슬〉은 야욕과 야망을 위한 부조리와 부도덕의 극치를 보여준다. 그러다가 돌연 서로 반성하고 화해하며 해피엔딩으로 끝이 난다. 반면, 소설 『고리오 영감』은 사실적이면서도 냉정한 발자크의 시선이 잘 드러나 있다. 그의 작품은 근대 사회의 상징인 파리의 영화와 악덕, 그리고 금전만능의 사회를 통렬하게 고발하고 풍자한다.

오노레 드 발자크는 법학을 공부했으나 뒤늦게 문학의 길로 들어섰다. 사업마다 망하고 평생 곤란한 삶에 시달렸으나 20여 년에 걸쳐 수많은 작품을 남겼다. 발자크의 소설은 교과서의 전범이라 불린다. 그의 섬세한 묘사와 심리적 사실주의는 그를 19세기 위대한 예술가의 반열에 올려놓았다.

발자크는 18년간이나 짝사랑한 한스카 백작 부인과 결혼했으나 불운하게도 그는 다섯 달 후에 사망한다. 그러나 발자크는 소설을 통해 인간과 사회를 관찰하는 사실주의 방식을 확립했고 자연주의의 선구자가 되었다.

계층과 계급 우위에 있다는 부모들의 지나친 욕망은 사랑을 오인한다. 그리고 오인은 결국 아이들을 괴물로 만들어간다. 그런데도 〈SKY 캐슬〉의 인기와 더불어 '입시 코디'와 '학종', 그리고 드라마에 나온 소품들은 인터넷을 뜨겁게 달구었다. 이처럼 드라마의 주제와 현실의 양상은 캐슬 안과 캐슬 바깥처럼 딴판이다. 과연 인간적인 삶이란 무엇일까? 세상의 아이러니는 진정한 공정성과는 거리가 있어 보여 백만장자 고리오의 죽음처럼 씁쓸하다.

"천지는 한쪽으로 편애하지 않는다(天地不仁). 천지는 만물을 사사로움 없이 공평하게 보아 풀로 엮은 개처럼 좋아

하지도 싫어하지도 않는다. 사사롭지 않았기에 스스로 오
롯할 수 있다."

— 『노자』, 5장

5. 카르멘, 사랑은 천방지축

Decca Records에서 발매한 "오페라 카르멘 LP음반"

오페라는 르네상스 말, 1597년 이탈리아 피렌체의 공작 바르디 저택에서 탄생하였다고 한다. 중세 종교극에서 벗어나 고대 그리스의 비극을 부흥시키고자 하는 르네상스 이념에서 시작되었다는 이탈리아 오페라는 극적 표현력이 넘치는 예술 작품으로 승화되고 전반적으로 유럽 중심이었던 오페라 시장은 점차 파리로 옮겨온다. 그리고 19세기에는 민족주의 색채가 짙어진다. 베버의 〈마탄의 사수〉는 독일 낭만파 오페라의 시작이었다.

오페라의 관객들은 대체로 희극보다 비극을 좋아한다. 특히 여주인공이 죽음으로 끝나는 처절한 비극은 더욱 인기를 끌었다. 왜 굳이 비극적이어야 할까? 그것은 아마도 평소 경험할 수 없는 특별한 충격에의 욕구 때문인지도 모른다. 오페라 작품들은 신화의 비극적인 요소와 음악의 비극적 정서가 결합해 운명적인 비극을 표현하였다. 거기에다 분노와 격정을 제대로 표현하기 위해 음색의 혁명도 이루어졌다.

◆

『카르멘』(1845)은 프랑스의 작가 프로스페르 메리메의 작품으로 한 고고학자와 악명 높은 도적이자 탈영병인 호세와의 우연한 만남을 액자식으로 구성하고 있는 중편 소설이다. 소설은 현장 관찰기처럼 스페인 집시의 기원과 풍습, 언어와 종교를 생생하게 보여준다. 그리고 스페인을 탐방했던 메리메의 실제 경험이 예술적으로 풍부하게 녹아 있다. 메리메가 어려서부터 습관적으로 스케치를 하던 것처럼 써 내려간 『카르멘』은 그녀만의 독특한 그림이라 할 수 있다.

오페라의 도시 세비야가 〈카르멘〉의 무대다. 메리메의 중편 소설 『카르멘』과 비제의 오페라 〈카르멘Carmen〉(1875)은 세비야에서 코믹하게 만난다. 오페라 〈카르멘〉은 1875년에 처음으로 초연되었다. 전 4막으로 구성된 〈카르멘〉은 오페라뿐만 아니라 연극, 영화, 뮤지컬 등으로도 공연되었다. 초연은 화려한 노래와 춤으로 관객을 사로잡았으나 부도덕한 소재라는 평과 함께 결국 실패로 돌아간다. 공연이 실패하자 좌절에 빠진 비제(Georges Bizet, 1838~1875)는 석 달 후 36세의 나이로 세상을 떠났다.

오페라 〈카르멘〉은 스페인 집시 여인 특유의 열정적이고 박진감 넘치는 사랑 이야기다. 치명적인 아름다움을 발산하는 '카르멘'은 기존의 관습과 도덕의 굴레에서 벗어난다. 남성에 이끌려 삶을 연속하는 여인이 아니다. 그녀는 자신의 자유 의지대로 자신의 사랑과 이별을 선택한다. '카르멘'은 일상의 삶 속에 숨어 있는 음모, 질투 그리고 어리석은 사랑의 욕구와 파멸적인 내면 심리를 적나라하게 보여준다. 팜므파탈에서 끝내 벗어나지 못하는 '카르멘'은 비극이지만 진정한 사랑이자 전형적인 치정이다.

사실주의를 도입한 비제의 오페라 〈카르멘〉이 초연되자 관객들은 비도덕적이고 선정적이라 비난을 퍼부었다. 하지만 〈카르멘〉은 오늘날 가장 사랑받는 오페라 중의 하나가 되었다. 그러나 불운하게도 비제는 자신의 작품 중 가장 위대한 작품의 성공을 보지 못했다.

오페라 〈카르멘〉은 제4막으로 이루어져 있다. 개막에 앞서 광장에 전주곡이 흐른다. 1막은 세비야 거리의 광장, 2막은 릴리아스 파스티아의 술집, 3막은 산속의 한적한 곳, 4막은 세빌리아의 투우장 앞 광장이 배경이다. 담배 공장에서 아가씨들이 몰려나온다.

호세의 눈에 유난히 띄는 여자가 있다. 카르멘이다. 카르멘은 호세에게 눈웃음을 흘리고 접근하고 호세는 첫눈에 그녀의 아름다움에 정신을 빼앗기고 만다. 목숨보다 자유가 먼저였던 집시 여인 카르멘과 규범과 명예를 앞세웠던 군인 돈 호세의 비극적인 운명은 아름다운 노래와 함께 걷잡을 수 없이 격렬해진다. 카르멘의 탈출을 도운 죄로 감옥에 갔혔다가 나온 호세는 또 카르멘을 찾는다. 사랑에 눈이 멀어 카르멘에게 사랑을 고백하려는 상관을 공격한다. 결국 호세는 탈영하여 카르멘의 희망대로 밀수업자가 된다. 그리고 카르멘에게 청혼하며 떠나자고 한다.

카르멘은 카드 점에서 자기의 죽음을 본다. 호세의 사랑은 전형적이다. 그러나 '카르멘'의 사랑은 혁명적이고 자유롭다. 투우사 에스카미요는 카르멘에게 접근하고 그녀를 투우 경기에 초대한다. 그녀는 에스카미요를 질투하며 자신을 더욱 구속하는 호세에게 저항하다 격분한 호세의 칼에 찔리고 만다.

오페라계의 파격적 반향을 일으킨 거침없는 카르멘에게 호세는 거미줄에 걸린 달콤한 먹이 같은 존재다. 그에 반해 충돌의 에너지가 넘친 카르멘은 도발적이다. 불온한 탈주자이다. 카르멘은 남자의 사랑을 따라나섰으나 결국 배신당하는 여자가 아니다. 또 남자의 죽음을 따라 죽는 사랑도 아니다. 배신이나 헌신 같은 굴절된 사랑은 아프고 고통스럽다. 카르멘에게 사랑은 자기 보존의 욕망이며, 자기 보존의 욕망은 살고자 하는 삶에 대한 욕망이다. 그것은 스스로 내 감정의 주인, 내 삶의 주인이 되는 것이다. 카르멘에게 사랑은 그런 것이다. 카르멘의 사랑은 누군가를 구속하지도 않고 노예가 되기를 강요하지도 않는다. 카르멘은 사랑이라는 명분으로 자신을 구속하려는 호세에게 소리친다.

"나는 자유롭게 태어나서 자유롭게 죽을 거야."

결국 목숨보다 자유를 선택한 집시 여인 '카르멘'은 한 마리 새가 되었다. 그녀는 죽음으로써 호세에게 벗어나 자유를 얻어 새처럼 날아갔다. 투우장에서는 에스카미요의 승리에 함성이 치솟는다. 마치 구속받지 않는 카르멘의 승리를 알리는 자유의 함성 같다.

하늘에서 아름다운 노랫소리가 들려온다.

"사랑은 반항하는 새, 사랑은 천방지축이죠."

6. 하녀와 주인의 변증법

다큐멘터리 〈하녀와 주인〉 포스터

직업에 귀천이 없다고? 아마도 일에 대한 귀천은 우리 인간이 인간이고자 할 때부터 존재했을 것이다. 신분 제도가 사라진 오늘날에도 돈의 사회적 위계질서는 더욱 견고해지고 있지 않은가. 예전 노예들이 하던 일들은 최첨단 시대에도 여전히 존재한다. 노예가 사라진 지금, 그 일은 경제적으로 생활이 어려운 사람들이 대부분 차지하고 있다. 그중 메이드(하녀)는 하나의 직업이고 하나의 사회 계층이 되었다.

돈이 지위 고하의 잣대가 된 시대에서 고용의 관계는 일방적이다. 그렇다면 자본주의 시대에서 돈을 주고 부리는 사람이나 돈을 받고 일하는 사람들의 욕구 만족도에 대한 물음이 과연 이상적일 수 있을까?

◆

다큐멘터리 〈하녀와 주인(Maids and Bosses)〉(2010)은 라틴 아메리카 파나마의 주인들과 메이드들의 일상을 인터뷰로 보여준다. 그들의 이야기는 빈부 격차에서 발생된 계급주의와 인종 차별 문제를 제시한다. 그 속에는 단순한 고용의 관계를 떠나 자본주의 사회에서 존재하는 수많은 사회 문화적 메시지를 전달하고 있다.

메이드들과 주인들의 이야기는 동전의 양면이다. 자신들의 이야기가 중심이고 자신들만의 잣대로 상대를 평가한다. 빈부 격차에서 발생하는 계급 구조는 철저히 갑을 관계이다. 그 어떤 상황에서도 메이드들의 개인적인 감정은 배제된다. 사이가 좋으면 좋은 상태를 유지하지만 좋지 않은 감정싸움은 서로를 큰 불신에 빠뜨린다. 돈이 인권보다 앞서갈 때 상황은 더욱 악화될 수밖에 없다.

메이드들은 일을 하고 돈도 받지 못한 채 억울한 누명을 쓰고 쫓겨난 일, 인격 모독은 물론 성적 착취까지 당하는 상황들을 토로한다. 하지만 고용주들은 메이드들에게 매번 자신들이 원하는 스타일을 고집한다. 인터뷰는 동등하다기보다 돈만큼 고분고분하길 바라는 주인 쪽으로 기운다. 분명 일방적인 권력의 힘이다.

헤겔은 자연 상태에서 인간의 '생사를 건 투쟁'을 발견한다. 그리고 그의 저서 『정신현상학』(1807)에서 주인과 노예의 변증법, 곧 주권과 구속에 대해 이야기한다. 그는 주권과 구속을 자기의식으로 보았다. 자기의식은 나를 나로 의식하는 근거임에도 불구하고 꼭 균등한 형태를 갖는 것이 아니었다. 헤겔의 진정한 자기의식은 타인의 행위보다 나 스스로의 행위가 타인을 압도했을 때, 타자와 자신 사이의 행위에서 나의 행위가 우세할 때이다. 주인은 독립적이며, 스스로 자신을 위해 존재한다. 그러나 타자인 노예는 다른 이를 위한 삶을 사는, 의존적 존재로 간주된다.

하녀가 없으면 주인은 존재하지 않는다. 즉 하녀는 오히려 집안의 모든 것을 소유하고 자유를 누린다. 자기의식이 약한 주인은 다 가지고 있지만 하녀에게 의존하고 구속되고 만다. 누가 더 의존하는가에 따라 주인이 하녀이기도, 하녀가 주인이기도 하는 자기의식은 그 방향에 따라 주권과 구속으로 결정되는 것이다.

영화 〈헬프(The Help)〉(2011)는 1960년대를 배경으로 미국 미시시피주의 흑인 메이드와 친구가 된 작가 지망생 백인 여성이 메이드들의 이야기를 책으로 펴내면서 펼쳐지는 감동의 드라마다. 2011년에 개봉한 테일러 감독의 이 영화는 편견을 초월한 그녀들의 우정과 용기 있는 고백으로 스크린을 통해 관객들을 매료시켰다. 영화 〈헬프〉는 '세상을 바꾸는 용기는 고백이고 용기는 진실을 말할 때 생긴다'고 말하고 있다.

어떤 메이드는 오랫동안 가족처럼 지낸 이도 있다. 그러나 2010년 다큐멘터리 〈하녀와 주인〉은 50년이 지나도 변하지 않은 인종 차별과 노예 제도의 근원적인 존재 문제를 인터뷰하고 있다. 한 지붕 아래에서 존재하는 주인과 하녀의 두 계급은 철저히 분리된 공간처럼 견고하다. 전체와 구석방은 빈부 격차와 노예 이미지를 극명하게 보여준다. 그렇지만 세상을 바꾸려는 영화 〈헬프〉처럼 메이드들은 작은 구석방에서 인터뷰를 하면서도 사랑하고 희망을 꿈꾼다.

영화 〈헬프〉 포스터

오랫동안 목줄에 매여 있던 염소는, 그 줄을 풀어주어도 도망갈 생각을 하지 않는단다. 자기의식이 없는 우리의 관성과 타성은 우리를 창살에 갇힌 죄수로 살아가게 할지도 모른다. 그렇다면 과거, 현재, 그리고 미래에서까지도 계급 사회는 암시도 확신도 아닌 그저 지속일 것이다. 무섭지만 사실 아닌가.

7. 작은 벽돌로 쌓은 집, 파이프를 찾아서

애니매이션 〈작은 벽돌로 쌓은 집〉 포스터

방바닥에 만들어놓은 네모난 작은 문을 열고 노인은 낚싯대를 드리운다. 입에는 파이프를 물고 있다. 화면 가득 물이 차 있고 빈집들은 꼭대기만 내민 채 숨을 쉬고 있다. 물에 잠긴 마을 위로 작은 배, 큰 배가 띄엄띄엄 지나가고 있다. 라디오의 알 수 없는 프로에서 웃음이 쏟아지고 노인은 라디오의 소란과 마주 앉아 와인 한 잔을 곁들여 저녁을 먹는다. 해수면의 상승일까? 세상은 온통 물로 가득하고 노인은 혼자일 뿐이다.

◆

자고 일어나니 방바닥에서 물이 찰랑거린다. 벽에는 가족들 사진이 들어 있는 크고 작은 빛바랜 액자들이 걸려 있다. 노인은 파이프를 길게 들이마시고 내뱉으며 액자를 바라본다. 물에 잠긴 마을에서 노인은 떠나지 않는다. 배 한 척이 와서 노인에게 물건들을 내려놓고 간다. 노인은 벽돌을 쌓아 집을 더 높인다.

노인이 물에 잠긴 아래층 물건들을 들어 올리다 입에 물고 있던 파이프를 떨어뜨린다. 파이프가 아득히 가라앉는다. 물건을 파는 배가

오고, 노인은 파이프를 고르다 잠수복을 발견한다. 노인은 잠수복을 입고 부인의 선물이었던 파이프를 찾아 아래층으로 내려간다. 파이프를 들어 올리려는 순간 할머니가 웃으며 파이프를 집어 건넨다.

우리는 간혹 과거를 들추거나 되돌아보는 것을 두려워한다. 그렇지만 때론 작은 매개체가 큰 용기를 이끌어내기도 한다.

층을 열고 내려갈 때마다 노인의 시간도 거꾸로 흘러간다. 시간의 역류는 노인의 행복했던 과거를 소환해 물속에 잠들어 있는 추억들을 하나씩 깨우고 있다.

부인이 마지막 세상을 떠나던 침대. 갓 태어난 손녀와 함께 가족사진을 찍었던 소파. 딸의 남자가 새 가족으로 들어오고 결혼한 딸이 자신의 미래를 찾아 큰 배를 타고 떠나는 걸 배웅하는 모습. 그리고 마침내 맨 마지막 아래층, 노인이 아내와 함께 지은 처음의 집에는 아내와 아기가 큐브 쌓기 놀이를 하고 있다. 집 밖을 나가자 동네가 나오고 그곳에는 더 어렸을 적, 어린 친구였던 때 아내와 만나곤 했던 나무 한 그루가 아직 남아 있다.

〈작은 벽돌로 쌓은 집(La Maison en Petits Cubes)〉(2008)은 10분 안팎의 짧은 애니메이션으로 카토 쿠니오 감독이 2008년 제작하였다. 이 애니메이션은 2009년 아시아인 최초로 아카데미상 단편 애니메이션 부문을 수상하기도 했다. 〈작은 벽돌로 쌓은 집〉은 어쩌면 비현실적이고 쓸쓸한 동화 같은 독거노인의 이야기를 브라운 계통의 색과 밝은 빛, 그리고 거친 터치 방식의 스케치로 따듯하게 표현하고 있다. 또 하나의 특징이라면 등장인물이 노인과 물건을 배달하는 사람 단 둘뿐인 것과 또 그들은 아무런 대사조차 없다는 거다.

노인은 맨 아래층에서 자신이 쌓아 올린 집을 아득하게 올려다본다. 그리고 올라오면서 방바닥에서 뒹굴고 있는 와인 잔 하나를 주워온다. 아내와 부딪치던 잔이다. 오늘 밤은 두 개의 잔에 와인을 채우고 쨍그랑, 잔을 부딪친다. 이제 그는 혼자가 아니다.

물에 점점 잠기는 집은 죽음으로 향하는 인간의 일생을 역설적으로 보여주는 듯하다. 고독하고 쓸쓸한 노인의 수직적인 공간 이동을 통해 나는 나의 과거, 현재 그리고 미래를 응시하고 직시해본다. 10분이라는 짧은 시간이지만 〈작은 벽돌로 쌓은 집〉은 우리의 삶이 얼마나 소중한지 충분히 일깨워주고 있었다.

때론 자신의 과거 속으로 돌아가 이상한 탑처럼 우뚝 솟아 있는 자신의 미래를 올려다보는 시간이 필요하겠다. 추억은 시간과 공간에 물처럼 고여 있지만 삶은 찰나의 시간을 잡아둘 수가 없다. 시간이 지날수록 삶의 탑은 또 다른 추억들로 쌓일 것이다.

간혹, 홀홀 털고 떠나보자. 잃어버린 파이프를 찾아서……

8. 돼지의 왕

애니메이션 〈돼지의 왕〉 포스터

목욕탕에서 맨몸으로 우는 남자의 울음소리, 목이 졸려 핏자국이 난 여자의 사체, 온 집안의 물품들을 도배한 빨간 딱지들. 뭐지? 영화는 시작부터 섬뜩하다. 2011년에 개봉한 연상호 감독의 애니메이션 〈돼지의 왕〉은 호기심과 공포감으로 단번에 관객을 집중시킨다. 벌거벗고 울부짖던 남자가 누군가를 찾아 전화를 건다. 채 끝나지도 않은 전화를 먼저 탁 끊어버리는 남자에게서 어떤 불길함이 엄습해온다.

◆

사람은 환경의 동물이라 했다. 그것은 어떤 환경이냐에 따라 어떻게 한 사람의 성격이 형성되는가 하는 문제와 맞닥뜨린다. 우리 속담은 환경의 중요성을 잘 말해주고 있다.

"송충이는 솔잎을 먹어야 한다." "뱁새가 황새걸음 걸으면 가랑이가 찢어진다." "가재는 게 편이요 초록은 한 빛이다." "콩에서는 콩 나고 팥에서 팥 난다."

이런 속담은 빈부 격차나 계급 사회에 대한 의미만이 아닌 환경의 중요성도 함께 역설하고 있다. 어느 시대에도 '요즘 것들'이란 말은 상용되었다. 그러나 시대가 너무 빨리 급변해서일까? 그들의 문제 해결 방식은 상상 밖으로 잔인하거나 무섭다. 놀라운 상상력을 발휘하기도 하지만 냉혹하다.

교실에는 종석과 경민과 철이, 그리고 애초부터 애완견이나 개의 운명을 타고난 그룹들이 공존하고 있다. 누구는 죄책감도 없는 특권을 부여받고, 누구는 죄의식도 없는 그 특권에 짓밟힌다. 타고난 우월감의 부피가 커질수록 누군가를 짓밟는 강도도 높아진다. 친환경적인 특권이란 자신이 짓밟히는 걸 절대 용서할 수 없는 족속들의 것이다. 권력에서 벗어나려 발버둥 칠수록 더욱 조여오는 올무 같은 삶.

왜 비참한 삶은 세습되는가?

반격하려다가 더 비참하게 망가지는 돼지들에게 더 이상 돼지의 왕은 없다. 병신처럼 살지 않으려면 괴물이 되어야 한다고 외치지만 결국 그들은 괴물조차도 되지 못한다. 돼지의 왕은 누구이고 괴물은 누구인가. 개들의 세상은 서로 저들끼리 옹호하고 두둔한다. 영화 속 돼지들의 생존 방편은 야비하게도 강자의 선택을 따르는 것이다.

연상호 감독은 자신의 영화 〈돼지의 왕〉이나 〈사이비〉에서 현미경 역할을 자처하고 있다. 사회 어디서나 누구에게나 일어날 수 있는 일이라는 듯 숨어 있는 추함을 감추려 하지 않을 뿐더러 오히려 더욱 확대시켜 들추어낸다. 인간의 어느 구석진 곳에서도 곰팡이처럼 피어나는 불편한 악의 주제를 감독은 어떻게든 최대한 끄집어내려고 한다.

그리고 그는 아무렇지도 않게 툭 질문을 던져놓고 답은 관객 몫이라는 듯 관여조차 하지 않는다.

나는 애니메이션 〈돼지의 왕〉에서 세 사람을 본다. 조금 부자로 사는 황경민과 가난한 정종석 그리고 가난하지만 돼지의 왕이 되고 싶었던 김철. 그들은 모두 돼지들이다. 돼지들의 중2 시절은 말 그대로 개들에게 물리고 뜯기는 참혹한 암흑 세상이었다. 배움의 유토피아인 학교와 학급에는 철저하게 계급 사회가 존재했고 또 그곳은 철저히 불공정한 사회였다.

사업에 실패한 경민이 15년 만에 종석을 찾아온다. 15년 전에 경민은 철이가 진정한 돼지의 왕임을 믿고 싶었고, 종석은 철이가 돼지의 왕이길 원했다. 철이는 '개 같은 돼지'가 되기 위해 공개 자살!을 표명했지만, 목적과는 달리 두려움이 앞서 결국 자살하는 척 연기만 보여주기로 한다. 경민은 못마땅해 했고, 종석에게 철이는 반드시 돼지들의 왕이어야만 했다. 경민은 15년 전 철이가 자살한 것이 아니라 종석이 죽인 것을 알고 있었지만 지금껏 함구하고 있었다.

그리고 15년이 지난 지금 철이가 떨어졌던 그 옥상에서 경민이 뛰어내린 것이다. 경민은 진정 돼지의 왕이길 자처했을까. 경민을 부르는 종석의 울부짖음이 운동장을 돌아 허공으로 흩어진다.

지나온 시간을 절대 웃으며 이야기할 수 없는 그들의 비극은 누구의 책임인가? 그들은 빈부 격차와 계급적 사회의 현실로 인해 자괴감에 빠지고 좌절한다. 우리는 누구이고 무엇일까? 우리 자신은 누구도 아닌 우리 부모들을 닮는다고 한다. 그렇다면 내 아이들은 나를 닮을 것이다. 세상에 돼지와 개들의 그룹이 존재한다면 권력이란 그 권력을 유지하기 위해 무슨 일이든 할 준비가 되어 있을 것이다.

태어난 시대마다 왜 특성이 다른 것일까? 왜 같은 시기에 태어난 사람들은 성격도 성향도 비슷할까? 베이비 붐 세대, X 세대, Y 세대, 밀레니엄 세대. 벌써 1990년생들이 새로운 시대의 주인공으로 등장하기 시작했다. 나는 서점에서 그들을 이해하기 위해 『90년생이 온다』(웨일북, 2018)를 집어 든다.

9. 소중한 날의 꿈과 완주

애니메이션 〈소중한 날의 꿈〉 포스터

새하얀 교복을 입고 양 갈래머리를 땋아 늘어뜨리고 재잘거리던 여고 시절. 나에게도 있었구나! 〈소중한 날의 꿈〉(2011)이란 애니메이션을 보면서 나는 문득 내 학창 시절을 들춰보았다. 얼마 만일까? 어느 서랍 속에 들어 있었는지조차 몰랐던 먼지 풀풀 나는 기억을 하나둘 꺼내본다. 까마득해서 처음 한동안은 슬펐다.

◆

2011년에 개봉된 애니메이션 〈소중한 날의 꿈〉은 부부 감독인 안재훈과 한혜진의 작품이다. 〈소중한 날의 꿈〉은 기획부터 제작 완성까지 총 11년이란 긴 시간을 소요해 완성되었다고 한다. 두 감독은 '치유의 힘이 있는 그림, 감동이 있는 빛깔'을 모토로 서정적이고 아름다운 작품을 제작하고자 했다. 그래서인지 흘러가버린 추억과 몽환적인 미래의 꿈이 공존하는 공간을 소박하고 담담한 우리의 서정성으로 잘 살려낸 수작이라 평가받는다. 그 시대의 소품과 배경을 손그림으로 디테일하게 묘사하기 위해 10만 장의 종이와 수백 개의 연필로 직접 제작했다고 하니 이런 애니메이터의 정성과 진심이 담긴, 〈

소중한 날의 꿈〉은 소중한 명작의 탄생이라 할 수 있겠다. 일본에서도 〈소중한 날의 꿈〉과 관련된 논문이 여섯 편이나 나올 만큼 큰 관심을 모았다고 한다.

〈소중한 날의 꿈〉은 1970~1980년대, 소박하고 평범하며, 수줍기까지 한 사춘기 여학생 오이랑이 자신감이 넘치는 전학생 한수민과 괴짜 소년 김철수를 만나게 되면서 겪는 에피소드이다.

육상부인 오이랑은 처음으로 상대 선수에게 추월당하자 자신이 질 것을 알고서는 일부러 넘어진다. 그것은 남들이 몰랐으면 하는 일, 이랑의 인생에서 처음 일어난 창피한 사건이 된다. 육상 선수 되기를 포기한 날, 이랑은 서울에서 전학 온 한수민을 만난다. 소심하고 부끄러움이 많은 내성적인 이랑과는 달리 수민은 자신감이 넘치고 거침이 없다.
어느 날 이랑은 직직거리는 라디오를 들고 전파사를 찾아간다. 그리고 삼촌 대신 일을 하고 있는 김철수를 만난다. 철수의 꿈은 우주비행사가 되는 것이다. 때마침 라디오에선 지구에서 발사된 우주선 보이저1호 뉴스가 흘러나온다. 둘은 호감을 느끼게 되고, 꿈이 없는 자신 때문에 자신감마저 잃고 있던 이랑은 수민과 철수, 철수 삼촌을 만나면서 꿈과 현실에 대해 고민한다.

재개발로 인해 아지트인 전파사가 강제 철거되던 날, 그 폐허를 바라보며 이랑은 철수의 삼촌과 대화를 나눈다.

"공룡이 별이 되었다."

"이 시루떡 같은 작은 화석도 수만 년에 한 층씩 쌓인 거야. 지금 너의 걸음들이 차곡차곡 쌓여서 어른 이랑을 만드는 거야. 그 안에는 보물도 있고, 버릴 것도 있겠지. 그걸 알게 되는 때가 너에게 온 거야. 작은 실수 때문에 비관적이 되지 말거라."

농아인 철수의 삼촌은 꿈을 잃어가는 이랑을 도리어 격려한다.

애니메이션 〈소중한 날의 꿈〉은 나를 홀쩍 1970~1980년대 소녀 시절로 돌아가게 했다. "하늘과 땅 사이에 꽃비가 내리더니~♬" 그 시절의 가수 김만수의 노래 「푸른 시절」을 들으며 나는 첫사랑이었던 여고 시절 역사 선생님을, 또 잔잔하고 소박했던 내 고향 소도시를 떠올렸다.

감독은 흘러간 유행가, 프로레슬러 박치기 왕 김일, 그때 유행하던 인기 가수들의 노래까지 향수를 불러일으키는 여러 장치를 활용해 따뜻한 감동을 점점 극대화시킨다. 또 있다. 가령 남학생들 교복에 정주영, 김대중, 김종필이라는 명찰이 붙어 있다거나 전파사 출입문 위에 성공하라는 어머니의 기원처럼 마른 북어가 걸려 있는 것이다. 체육 선생의 캐릭터는 차범근 얼굴이었는데 감독이 직접 동의를 구해 그렸다고 한다. 이렇게 독특하고 재미있는 감독의 발상 덕분에 관객들은 더욱 진지해지고 더 몰입할 수 있지 않았을까.

〈소중한 날의 꿈〉은 우리가 결코 혼자가 아니라는 것을 상기시킨다. 누군가 꿈을 이루려면 주변 사람에게 자주 꿈 이야기를 해야 한다고 했다. 꿈을 이야기할수록 꿈은 성공을 향해 조금씩 행동으로 옮겨간다는 것이다. 정체성의 혼란기를 겪는 청소년들은 끊임없이 삶의 멘토를 찾는다. 자신의 꿈과 자신감의 확신이 부족했던 이랑에게 수민은 자극제가 되고, 철수로 인해 꿈의 소중함과 진지함을 깨닫는다. 특히 현실적인 장애를 극복하기 위해 노력하는 철수의 삼촌은 이랑에게 큰 울림과 가르침을 주면서 성장을 견인하는 역할을 한다.

이랑은 철수와 함께 공룡 발자국을 발견한다. 그리고 꿈에 나타난 어린 공룡에게 앞으로 나아가라고 말하며 이랑은 자신이 뭔가 달라져 있음을 발견한다. 오이랑은 공룡 발자국을 보고 온 뒤 다시 육상대회에 참가한다.

"누가 가는 길이든 처음 가는 길이든 스스로 다다르기
위해 내딛는 지금, 내 작고 힘없는 발자국이 기특할 때가
있을 거라 믿는다."

우리들은 매 순간 누군가를 추월하거나 누군가에게 추월당하며 살아간다. 하지만 그 어느 순간에도 꿈이라는 끈을 놓치지 말아야 할 것이다. 누군가 "꿈에 취하면 보이는 것은 현실이 될 미래"라고 했다. 그

렇다면 내 생 어디에선가 한 번쯤, 술에 취하듯 꿈에 만취해보는 것은
어떨까?

예술과 인문에 관한 발칙한 감성 에세이

뜻밖의 만남, Ana

1판 1쇄 인쇄	2019년 11월 10일
1판 1쇄 발행	2019년 11월 20일
지은이	금시아
발행인	윤미소
발행처	(주)달아실출판사
책임편집	박제영
디자인	안수연
마케팅	배상휘
주소	강원도 춘천시 춘천로 17번길 37, 1층
전화	033-241-7661
팩스	033-241-7662
이메일	dalasilmoongo@naver.com
출판등록	2016년 12월 30일 제494호

* 이 도서의 국립중앙도서관 출판예정도서목록(CIP)은 서지정보유통지원시스템 홈페이지
(http://seoji.nl.go.kr)와 국가자료공동목록시스템(http://www.nl.go.kr/kolisnet)에서 이용
하실 수 있습니다.(CIP제어번호 : CIP2019042075)
* 잘못된 책은 구입한 곳에서 바꿔드립니다.
* 책값은 뒤표지에 표시되어 있습니다.
* 이 책은 춘천시문화재단 후원으로 제작되었습니다.